余生很长，别慌张，别失望 ❷

史铁生 等著

哈尔滨出版社
HARBIN PUBLISHING HOUSE

图书在版编目（CIP）数据

余生很长，别慌张，别失望.2／史铁生等著.—
哈尔滨：哈尔滨出版社，2020.1
ISBN 978-7-5484-4937-9

Ⅰ.①余… Ⅱ.①史… Ⅲ.①散文集－中国－现代②散文集－中国－当代 Ⅳ.①I266

中国版本图书馆CIP数据核字（2019）第256911号

书　　名：余生很长，别慌张，别失望.2
YUSHENG HENCHANG,BIE HUANGZHANG,BIE SHIWANG 2

作　　者：史铁生　等著
责任编辑：曹雪娇　马丽颖
责任审校：李　战
装帧设计：主语设计

出版发行　哈尔滨出版社（Harbin Publishing House）
社　　址　哈尔滨市松北区世坤路738号9号楼　　邮编：150028
经　　销　全国新华书店
印　　刷　天津旭丰源印刷有限公司
网　　址　www.hrbcbs.com　　www.mifengniao.com
E-mail　　hrbcbs@yeah.net
编辑版权热线：（0451）87900271　87900272
销售热线：（0451）87900202　87900203
邮购热线：4006900345　（0451）87900256

开　本：880mm×1230mm　1/32　印张：8　字数：185千字
版　次：2020年1月第1版
印　次：2020年1月第1次印刷
书　号：ISBN 978-7-5484-4937-9
定　价：45.00元

凡购本社图书发现印装错误，请与本社印制部联系调换。　服务热线：（0451）87900278

目 录 Contents

第一章
每个人都有属于自己的时刻表

我一贯相信,每个人都有自己的所长,
倘能扬长避短,谁都能有所作为。
然后还得需要点勇气,需要冒一点风险,
没有什么办法能保证你肯定有一条金光大道。

002　职业·事业 / 史铁生

011　白发 / 冯骥才

015　比如摇滚与写作 / 史铁生

030　有钱最好 / 老舍

034　中年 / 梁实秋

038　谈文 / 周作人

040　路 / 李广田

050　择偶记 / 朱自清

053　若子的病 / 周作人

第二章
我们始终无法超越所有人

天才是什么？我分析不上来，
怎么能得到它？至今还未晓得。
但经验，确是可以从努力中获得。
努力而不一定成功，但是努力必有进步。

058　独白 / 老舍

060　文艺与木匠 / 老舍

063　礼物 / 李广田

069　自传难写 / 老舍

072　这几个月的生活 / 老舍

077　命相家 / 夏丏尊

082　文牛 / 老舍

086　谢落 / 李广田

095　北风里 / 胡也频

106　两种念头 / 李广田

第三章
慢下来，找到内心的依靠

中国人凡事都怀一个极近视的目标：
娶妻是为了生子，养儿是为了防老，
行善是为了福报，读书是为了做官……
若什么都只是吃饭的工具，什么都实用，就什么都浅薄。
青年为国家社会的生力军，若凡事近视，贪浮浅的近利，
一味袭蹈时下陋习，国家社会还有什么希望可说。

112　想念地坛 / 史铁生

118　《给青年的十二封信》序言 / 夏丏尊

121　谈学问 / 朱光潜

128　未成熟的谷粒 / 老舍

134　春晖的一月 / 朱自清

139　花潮 / 李广田

144　两个鬼 / 周作人

146　悔 / 李广田

152　那里走 / 朱自清

第四章
做你喜欢的事，永远都不晚

青年人勿以入学考试时所填的一个志愿就定了终身。
当初所填的志愿，只可当作暂时的方向。
你只要跟着自己的兴趣走，依着"性之所近，力之所能"
学下去，那么你未来对国家的贡献也许比现在盲目所选的，
或被动选择的学科会大得多。

172   我已经七十五岁了，我还有理想 / 冯骥才

177   不服老 / 李广田

182   画像 / 老舍

186   写字 / 老舍

189   一个画家 / 李广田

196   给一位文学青年的公开状 / 郁达夫

202   学问之趣味 / 梁启超

206   跟着自己的兴趣走 / 胡适

212   花鸟舅爷 / 李广田

第五章
生命就是在众人之中一眼看到从容的自己

不管梦想能否成为事实，说出来总是好玩的：
春天我要住在杭州，到西湖看嫩柳与菜花，碧浪与翠竹；
夏天住在青城山，那儿的幽静能使我写出二十万字的小说；
秋天要住北平，小白梨与大白海棠，亚当与夏娃见了也必滴下口水；
冬天我还没有打好主意。那时候，飞机一定很方便，
假若一二百元就能买一架，我就自备一架择黄道吉日慢慢地飞行。

220　"住"的梦 / 老舍

223　画廊 / 李广田

227　有了小孩以后 / 老舍

233　鲁迅翁杂忆 / 夏丏尊

237　读书 / 老舍

241　蒙自杂记 / 朱自清

245　养花 / 老舍

第一章
每个人都有属于自己的时刻表

我一贯相信，每个人都有自己的所长，
倘能扬长避短，谁都能有所作为。
然后还得需要点勇气，需要冒一点风险，
没有什么办法能保证你肯定有一条金光大道。

职业·事业 / 史铁生

S：如果生命是一条河，我想，事业相当于一条船。在河上漂泊，你总是有一条船。

A：你的这条船就是写小说喽？

S：碰巧是这样。迄今为止这条船对我还合适。当然我也写别的，我也干些别的事。

A：活着就是为了事业吗？

S：正好相反。船是为了漂泊，漂泊不是为了船。事业是为了活着，是为了活得更有味道。

A：那你怎么理解，譬如："一切为了事业"，"把生命献给事业"这样的话呢？

S：我更相信这样的事实，譬如：他的事业，给了他无比的快乐。为事业而奋斗，他感到莫大的幸福。在事业中他找到了自己的位置，实现了自己的价值。

A：有人说，活着就是奉献。

S：这话不仅不美反而失实，而且细品很像是诉苦，像是抱屈，像是炫耀，仿佛从中受益的只是他人。这类少实事求是之心多哗众取宠之嫌的说道，不见得能保证长久的快乐。如果他注意到了自己从事业中享受了多少乐趣，也许能对"奉献"一词体会得更全面。如果他活着真的只有奉献，我想那是对"按劳分配"原则的违背；如果奉献是他自己选择的幸福方式，那么他已经得到了丰厚的报偿，他不会在喝彩与掌声中眉飞色舞，而更可能在人们钦佩的目光下稍稍有一点惭愧。一种是，把事业视为自己的幸福，它不仅仅意味着心血的付出，它更意味着精神的收获；另一种则把事业仅仅看作是付出，仅仅看作是为他人的利益而受苦受累——这意味着需要报答，可这希冀倘若落空呢，事业岂不成了一场折磨人的灾难么？

顺便说一句，在信念的领域里可以不考虑经济规律，但这绝不意味着按劳分配的原则应该废弃。

A：你是怎么选择了写作这条路的呢？听说你身体残疾后，也曾一度想去死？

S：不是一度，是几度。这方面的事，在和M的谈话中已经说过了。

后来我想再活一活试试，以观后效。一个人，不管他曾经与死神的关系多么密切，如果现在他想活下去试试，他总得做些事，否则不劳而食你会觉得羞耻，否则精神无以安顿你会觉得时间漫长有如徒刑。必须得干些事。

我先到一个街道生产组找了个工作。那不是正式工作，干一天拿一块钱，再无其他待遇；所得工资可以温饱，关键是自力更生了，没有活成个负数，这感觉让人踏实。生产组是一间低矮破旧的老房，成员多是家庭妇女、老头、老太太和残疾人，每天在昏暗的光线里画些美丽的图案兼而嬉笑怒骂；那也是生活，如果你能体会，那样的生活里也一样包含了深意。这感觉给人希望，生活从不轻易抛弃谁。老头老太太们都对我好，他们没有文化但有饱满的人情味，这感觉让人温暖，让人对生活多了信心。我自以为工作得努力，肯定对得起那份工作，这样感觉比占了便宜要舒服。当然，我还不满意，我想我说不定还能干些更有趣的事。人对快乐的要求没有个够，我以为这不是坏思想。

一开始我先自学了一年外语，但很快就发现既无资料可供我笔译，也没人要我去做口译，外语这东西不用就忘，于是浅尝辄止。现在外语的用处多了，可我也老了，学不彻底就该火化了，下辈子再学吧。后来又学画彩蛋、画仕女图，虽第一批交货即通过验收，但毕竟不是兴趣所在，便又半途而废。那时周围的人都在学数理化准备考大学，我动了七八回心，终于明白人家不肯录取残疾人，就没去碰那个钉子。干什么呢？想了好久，想起我上学时作文一向有好分数，平时喜欢文学，心里又颇多感受，就试试写作吧。

选择一项事业（或者找一条能够载渡精神的船）的时候，应该想起兵书上的一句话：知己知彼，百战不殆。没有谁是为了失败而工作的，因为注定的失败不能引导出一个如醉如痴的过程。所谓知己，就是要知道自己的兴趣何在？自己的禀赋何在？如果你喜欢

第一章
每个人都有属于自己的时刻表

文学，可你偏偏不肯舍弃一个学化学的机会，且不说没有兴趣你的化学很难学好，即便你小有成就那也是你的悲剧。如果你是一个数学天才，比如说是一个潜在的陈景润，可你对此昏然不知偏要去当一个写小说的，结果多半不妙。所谓知彼，就是得知道客观条件允许你干什么。如果你热爱起足球的时候已经40多岁，你最好安心作一个球迷，千万别学马拉多纳了。如果你羡慕三毛，你也有文学才能，但是你的双腿一动都不能动，你就不要向往撒哈拉，你不如写一写自己心中的沙漠。我一贯相信，每个人都有自己的所长，倘能扬长避短谁都能有所作为；相反如果弃长取短，天才也能成为蠢才，不信让陈景润与托尔斯泰调换一下工作试试看。对事业的选择，要根据"知己知彼"的原则，可别为"热门"或时髦所左右。

然后还得需要点勇气，需要冒一点风险，没有什么办法能保证你肯定有一条金光大道。我开始想写作的时候，人们提醒我说，你哪儿都去不了不能深入生活，你凭什么能干这一行呢？我自己心里也打鼓。可是我忍不住地想写。我有纸也有笔，还有好多想法，别人一天有24小时的生活，我一天也有24小时的生活，所有的生活一样都有品味不尽的深意，我就偷偷地写了一点，自己觉得还有希望，于是豁出去了，写！如果你看不出你的选择有什么不对头，你得豁得出去，你得敢于试试，一条道走到黑或者不撞南墙不回头。当然那时我已经在街道生活组挣着自己的饭钱了，我想我最不济是个0，不会是个负数了。

A：幸好你没撞到南墙。

S：到现在为止，我看我还不需要回头。

A：要是撞了呢？要是你撞着南墙呢？

S：要是你发现你确实不适合干某一行，你还得敢于回头，及时回头。这不丢人，事业不是为了撞南墙的，撞死在南墙下算不上勇敢。这方面你不行，你得相信在其他方面你未必都不行。

A：一开始你就相信，写小说你肯定行吗？

S：我只是认为我不见得不行。我没有把它当成一件只许成功不许失败的事来干。寻找也可以算一种事业。尝试也是一个有价值的过程。鉴于我们的选择无论多么科学多么慎重，我们仍有失败的可能，所以我们还是得把注重点从目的移向过程。

A：你很幸运。

S：你是指我的残疾？

A：别起哄，我是说能把这些事想得明白，这也是一种幸运。

S：不起哄，也许正因为命运让我有机会见识了绝境，这确实算得一种幸运。

A：你毕竟找到了你所感兴趣的事业，并不是谁都有这样的福气。

S：可是谁都有业余时间。现在的工作分配还不可能都根据个人的兴趣，可是挣完了饭钱还有不少时间，这些时间全凭个人调度。

A：你在事业上有过挫折吗？

S：我绝对认为我的智商适中。我好几次都认为我得改行了，根据"知己各彼"的原则想了又想，还是没改。我现在不大发愁写

第一章
每个人都有属于自己的时刻表

什么,可怎么能写得更好估计永远都是一个问题。

A:事业上的挫折,难道不给你带来苦恼吗?

S:当然。如果挫折不带来苦恼,成功也就不带来快乐了。

A:你怎么摆脱这样的苦恼呢?

S:一遍一遍地摆脱,没完没了地摆脱。一次一次地相信:船不是目的,河也不是,目的是诚心诚意尽心尽力地漂泊。

A:那也许是因为,你在事业上毕竟算个成功者。

S:我不起哄可是你起哄。成功与否完全是个度量标准的问题。

A:总归人家管你叫作家,不管我叫什么"家"。

S:那是因为很多事不大公道,现在"作家"这个头衔不值钱,发表几篇小说就算个"家",比当别的"家"——比如科学家、哲学家、数学家——要省事得多。而且写小说容易出名,因为你写了,总得签上你的名。

A:我看你是得了便宜卖乖。

S:我料到您要这么说了。不过您说的也许不全错。

可是还是得说,千万别把事业当成一项赌注。尤其是我们残疾人,千万别以为成功了某项事业,你的一切艰难困苦就都迎刃而解了,根本没那回事。就算我像你说的那样是个事业的成功者吧,那么我以这个身份最想说的就是,事业的成功确实让人兴奋,但它不为人解决其余的问题,兴奋之后清静下来,一瞧:所有的问题都还在,一如既往。

A:可是对于残疾人来说,它至少可以解决工作问题。

S：你存心跟我作对，存心让我理屈词穷是不是？我得承认有这么回事，这样的事真让人遗憾。不过人大常委会很快就要通过一项"残疾人保障法"了，将明文规定残疾人与所有的人一样有工作的权利，以后谁不给残疾人工作谁就是违法。

我们还是说说法律以外的问题吧，有很多问题不见得是法律能管得了的。

A：什么问题，比如说？

S：比如说，对残疾人的歧视，这种歧视常常只流露在别人的眼睛里，法律管不了吧？可你怎么办？比如说，爱情问题，法律说你有结婚的权利，可你所爱的人（当然他或她也爱你）因为种种并不违法的外界压力而离开了你，你怎么办？这些问题并不因为你在事业上的成功就可以消失。比如说，孤独，自卑，沮丧，活着到底为了什么？我们在走向哪儿？人类的理想一向很完美，可人类的现实为什么总是不如人意？这样的问题永远都在那儿等着你，并不因为你成了什么"家"它们就云消雾散。千万别把事业的成功作为一项赌注，当成一笔全面幸福的保险金，千万别以为你一旦功成名就天下的倒楣事就都归了别人，幸福就都归了你，那样想你会失望的，到时候你的诸多奢望不能兑现绝没有谁给你赔偿，而且你还会因此而失去事业原本为你预备的快乐，那才真叫一败涂地呢。对于事业，我想还是"只问耕耘，不问收获"来得聪明，那样事业这条船才能一直载歌载舞载欢载乐。

我知道有一位残疾朋友，他一心要写小说，发誓不成功则成

第一章
每个人都有属于自己的时刻表

仁，什么事都不做，什么事都不屑于做，他说就是要有这样的决心和雄心，他说他相信成功和幸福必定会在某一天早晨成为事实。我不敢贸然说他不是天才，但我以为对于绝大多数不是天才的人来说，这么干挺危险。从我这个凡夫俗子的角度看，文学创作跟学外语大不相同，不是忍得几载寒窗苦就能行的，它需要自自然然地去体会生存这件事，然后需要不急不躁地去写。要紧的还不在这儿，要紧的是他不成功他会痛苦，他真的成功了他也见不到预期的那种幸福。还是那句话，事业是一条船，可船不是目的，船只有在航程中才给人提供创造的快乐和享受这快乐的机会。

A：我知道有一个人，他说他要是写不好小说他就一辈子不谈恋爱。

S：这可麻烦了。我总认为不会恋爱的人就不会写作。我总想，不懂得爱情的人可能懂得艺术吗？我总怀疑，要是漂泊不能吸引你，你跳到船上去干嘛呢？依你看呢？

A：依我看你刚才贬低了学外语的。

S：对不起，要是有这样的事肯定不是出于恶意。

A：我以为对一个人来说，不管他干哪一行，他都应该对丰富多彩的生活葆有激情。任何事业都不应该把人弄成机器，事业的成功是一回事，人的成功是另外一回事。

S：这是我说的。

A：是我，是我说的。

S：是你替我说的。

A：你真矫情。

S：你也一样。

节选自《对话四则》

第一章
每个人都有属于自己的时刻表

白发 / 冯骥才

人生入秋，便开始被友人指着脑袋说：

"呀，你怎么也有白发了？"

听罢笑而不答。偶尔笑答一句："因为头发里的色素都跑到稿纸上去了。"

就这样，嘻嘻哈哈、糊里糊涂地翻过了生命的山脊，开始渐渐下坡来。或者再努力，往上登一登。

对镜看白发，有时也会认真起来：这白发中的第一根是何时出现的？为了什么？思绪往往会超越时空，一下子回到了少年时——那次同母亲聊天，母亲背窗而坐，窗子敞着，微风无声地轻轻掀动母亲的头发，忽见母亲的一根头发被吹立起来，在夕照里竟然银亮银亮，是一根白发！这根细细的白发在风里柔弱摇曳，却不肯倒下，好似对我召唤。我第一次看见母亲的白发，第一次强烈地感受到母亲也会老，这是多可怕的事啊！我禁不住过去扑在母亲怀里。母亲不知出了什么事，问我，用力想托我起来，我却紧紧抱住母亲,好似生怕她离去……事后,我一直没有告诉母亲这究竟为了什么。最浓烈的感情难以表达出来,最脆弱的感情只能珍藏在自己心里。如今,母亲已是满头白发,但初见她白发的感受却深刻难忘。那种人生感,那种凄然,那种无可奈何,正像我们无法把地上的落叶抛回树枝上去……

当妻子把一小酒盅染发剂和一枝扁头油画笔拿到我面前,叫我帮她染发。我心里一动,怎么,我们这一代生命的森林也开始落叶了?我瞥一眼她的头发,笑道:"不过两三根白头发,也要这样小题大做?"可是待我用手指撩开她的头发,我惊讶了,在这黑黑的头发里怎么会埋藏这么多的白发!我竟如此粗心大意,至今才发现才看到。也正是由于这样多的白发,才迫使她动用这遮掩青春衰退的颜色。可是她明明一头乌黑而清香的秀发呀,究竟怎样一根根悄悄变白的?是在我不停歇的忙忙碌碌中、侃侃而谈中、还是在不舍昼夜的埋头写作中?是那些年在大地震后寄人篱下的茹苦含辛的生活所致?是为了我那次重病内心焦虑而催白的?还是那件事……几乎伤透了她的心,一夜间骤然生出这么多白发?

黑发如同绿草,白发犹如枯草;黑发像绿草那样散发着生命诱人的气息,白发却像枯草那样晃动着刺目的、凄凉的、枯竭的颜色。我怎样做才能还给她一如当年那一头美丽的黑发?我急于把她所有变白的头发染黑。她却说:

"你是不是把染发剂滴在我头顶上了?"

我一怔,赶忙用眼皮噙住泪水,不叫它再滴落下来。

第一章
每个人都有属于自己的时刻表

一次，我把剩下的染发剂交给她，请她也给我的头发染一染。这一染，居然年轻许多！谁说时光难返，谁说青春难再，就这样我也加入了用染发剂追回岁月的行列。谁知染发是件愈来愈艰难的事情。不仅日日增多的白发需要加工，而且这时才知道，白发并不是由黑发变的，它们是从走向衰老的生命深处滋生出来的。当染过的头发看上去一片乌黑青黛，它们的根部又齐刷刷冒出一茬雪白。任你怎样去染，去遮盖，它还是茬茬涌现。人生的秋天和大自然的春天一样顽强。挡不住的白发呵！

开始时精心细染，不肯漏掉一根。但事情忙起来，没有闲暇染发，只好任由它花白。染又麻烦，不染难看，渐而成了负担。

一日，邻家一位老者来访。这老者阅历深，博学，又健朗，鹤发童颜，很有神采。他进屋，正坐在阳光里。一个画面令我震惊——他不单头发通白，连胡须眉毛也一概全白；在强光的照耀下，蓬松柔和、光明透澈，亮如银丝，竟没有一根灰黑色，真是美极了！我禁不住说，将来我也修炼出您这一头漂亮潇洒的白发就好了，现在的我，染和不染，成了两难。老者听了，朗声大笑，然后对我说：

"小老弟，你挺明白的人，怎么在白发面前糊涂了？孩童有稚嫩的美，青年有健旺的美，你有中年成熟的美，我有老来冲淡自如的美。这就像大自然的四季——春天葱茏，夏天繁盛，秋天斑斓，冬天纯净。各有各的美感，各有各的优势，谁也不必羡慕谁，更不能模仿谁，模仿必累，勉强更累。人的事，生而尽其动，死而尽其静。听其自然，对！所谓听其自然，就是到什么季节享受什么季节。哎,我这话不知对你有没有用,小老弟!"

我听罢,顿觉地阔天宽,心情快活。摆一摆脑袋,头上花发来回一晃,宛如摇动一片秋光中的芦花。

第一章
每个人都有属于自己的时刻表

比如摇滚与写作 / 史铁生

如今的年轻人不会再像六庄那样,渴慕的仅仅是一件军装,一条米黄色的哔叽裤子。如今的年轻人要的是名牌,比如鞋,得是"耐克""锐步""阿迪达斯"。大人们多半舍不得。家长们把"耐克"一类颠来倒去地看,说:"啥东西,值得这么贵?"他们不懂,春天是不能这样计算的。

我的小外甥没上中学时给什么穿什么,一上中学不行了,在"耐克"专卖店里流连不去。春风初动,我看他快到时候了。那就挑一双吧。他妈说:"捡便宜的啊!"可便宜的都那么暗淡、呆板,小外甥不便表达的意思是:怎么都像死人穿的?他挑了一双色彩最为张扬、造型最奇诡的,这儿一道斜杠,那儿一条曲线,对了,他说"这双我看还行"。大人们说:"这可哪儿好?多闹得慌!"他们又不懂了,春天要的就是这个,要的就是张扬。

大人们其实忘了,春天莫不如此,各位年轻时也是一样。曾经,军装就是名牌。六十年代没有"耐克",但是有"回力"。

"回力"鞋，忘了吗？商标是一个张弓搭箭的裸汉；买得起和买不起它的人想必都渴慕过它。我还记得我为能有一双"回力"，曾是怎样地费尽心机。有一天母亲给我五块钱，说："脚上的鞋坏了，买双新的去吧。"我没买，5块钱存起来，把那双破的又穿了好久。好久之后母亲看我脚上的鞋怎么又坏了？"穿鞋呀还是吃鞋呀你？再买一双去吧。"母亲又给我五块钱。两个五块加起来我买回一双"回力"。母亲也觉出这一双与众不同，问："多少钱？"我不说，只提醒她："可是上回我没买。"母亲愣一下："我问的是这回。"我再提醒她："可这一双能顶两双穿，真的。"母亲瞥我一眼，但比通常的一瞥要延长些。现在我想，当时她心里必也是那句话：这孩子快到时候了。母亲把那双"回力"颠来倒去地看，再不问它的价格。料必母亲是懂得，世上有一种东西，其价值远远超过它的价格。这儿的价值，并不止于"物化劳动"，还物化着春天整整一个季节的能量。

能量要释放，呼喊期待着回应，故而春天的张扬务须选取一种形式。这形式你别担心它会没有，没有"耐克"有"回力"，没有"回力"还会有别的。比如，没有"摇滚乐"就会有"语录歌"，没有"追星族"就会有"红卫兵"，没有耕耘就有荒草丛生，没有春风化雨就有了沙尘暴。一个意思。春天按时到来，保证这颗星球不会死去。春风肆意呼啸，鼓动起狂妄的情绪，传扬着甚至是极端的消息，似乎，否则，冬天就不解冻，生命便难以从中苏醒。

第一章
每个人都有属于自己的时刻表

你听那"摇滚乐"和"语录歌"都唱的什么?没有什么不同,你要忽略那些歌词直接去听春天的骚动,听它的不可压抑,不可一世,听它的雄心勃勃但还盲目。你看那摇滚歌手和语录歌群,同样的声嘶力竭,什么意思?春光迷乱!春光迷乱但决不是胡闹,别用鄙薄的目光和嘴角把春天一笔勾销。想想亚当和夏娃走出伊甸园时的惊讶与好奇吧。想想那条魔魔道道的蛇,它的逸言,它的诱惑,在这繁华人世的应验吧。想想春风若非强劲,夏天的暴雨可怎样来临?想想最初的生命之火若非猛烈,如何能走过未来秋风萧瑟的旷野(譬如一头极地的熊,或一匹荒原的狼)?因而想想吧,灵魂一到人间便被囚入有限的躯体,那灵魂原本就是多少梦想的埋藏,那躯体原本就是多少欲望的贮备!

因而年轻的歌手没日没夜地叫喊,求救般地呼号。灵魂尚在幼年,而春天,生命力已如洪水般暴涨;那是幼小的灵魂被强大的躯体所胁迫的时节,是简陋的灵魂被豪华的躯体所蒙蔽的时节,是喑哑的灵魂被喧腾的躯体所埋没的时节。

万物生长,到处都是一样,大地披上了盛装。一度枯寂的时空,突然间被赋予了一股巨大的能量,灵魂被压抑得喘不过气来,欲望被刺激得不能安宁。我猜那震耳欲聋的摇滚并不是要你听,而是要你看。灵魂的谛听牵系得深远那要等到秋天,年轻的歌手目不暇接,现在是要你看。看这美丽的有形多么辉煌,看这无形的本能多么不可阻挡,看这天赋的才华是如何表达这一派灿烂春光。年轻的歌手把自己涂抹得标新立异，把自己照耀得光怪陆离，他是在说：看呀——我！

我？可我是谁？

我怎样了？我还将怎样？

我终于又能怎样呢？

先别这样问吧，这是春天的忌讳。虽不过是弱小的灵魂在角落里的暗自呢喃，但在春天，这是一种威胁，甚至侵犯。春天不理睬这样的问题，而秋天还远着呢！秋天尚远，这是春天的佳音，春天的鼓舞，是春风中最为受用的恭维。

所以你看那年轻的歌手吧，在河边，在路旁，在沸反盈天的广场，在烛光寂暗的酒吧，从夜晚一直唱到天明。歌声由惆怅到高亢，由枯疏到丰盈，由孤单而至张狂（但是得真诚）……终至于捶胸顿足，呼天抢地，扯断琴弦，击打麦克风（装出来的不算），熬红了眼睛，眼睛里是火焰，喊哑了喉咙，喉咙里是风暴，用五彩缤纷的羽毛模仿远古，然后用裸露的肉体标明现代（倘是装出来的，春风一眼就能识别），用傲慢然后用匍匐，用嚣叫然后用乞求，甚至用污秽和丑陋以示不甘寂寞，与众不同……直让你认出那是无奈，是一匹牢笼里的困兽（这肯定是装不出来的）！——但，是什么，到底是什么被困在了牢笼？其实春天已有察觉，已经感到：我，和我的孤独。

我，将怎样？

我将投奔何方？

第一章
每个人都有属于自己的时刻表

怎样,你才能看见我?我才能走进你?

那无奈,让人不忍袖手一旁。但只有袖手一旁。不过慢慢地听吧,你能听懂,其实是那弱小的灵魂正在成长,在渴望,在寻求,年轻的歌手一直都在呼唤着爱情。从夜晚到天明一直呼唤着的都是:爱情。自古而今一切流传的歌都是这样:呼唤爱情。自古而今的春天莫不如此。被有形的躯体,被无形的本能,被天赋的才华困在牢笼里的,正是那呢喃着的灵魂,呢喃着,但还没有足够的力量。

于是,年轻的恋人四处流浪。

心在流浪。

春天,所有的心都在流浪,不管人在何处。

都在挣扎。

在河边。在桥上。在烦闷的家里,不知所云的字行间。在寂寞的画廊,画框中的故作优雅。阴云中有隐隐的雷声,或太阳里是无依无靠的寂静。在熙熙攘攘的街头,目光最为迷茫的那一个。

空空洞洞的午后。满怀希望的傍晚。在万家灯火之间脚步匆匆,在星光满天之下翘首四顾。目光洒遍所有的车站,看尽中年人漠然的脸——这帮中年人怎都那样儿?走过一盏盏街灯。数过十二个钟点。踩着自己的影子,影子伸长然后缩短,伸长然后缩短……一家家店铺相继打烊。到哪儿去了呀你?你这个混蛋!

(你这个冤家——自古的情歌早都这样唱过。)

细雨迷蒙的小街。细雨迷蒙的窗口。细雨迷蒙中的琴声。

直至深夜。

春风从不入睡。

一个日趋丰满的女孩。一个正在成形的男子。

但力量凶猛，精力旺盛，才华横溢一天24小时都是早晨八九点钟的太阳。

跟警察逗闷子。对父母撒谎。给老师提些没有答案的问题。在街上看人打架，公平地为双方数点算分。或混迹于球场，道具齐备，地地道道的"足球流氓"。

也把迷路的儿童送回家，但对那些家长没好气："我叫什么？哥们儿这事可归你管？"或搀起摔倒在路边的老人，背他回家，但对那些儿女也没好气："钱？那就一百万吧，哥们儿我也算发回财。"

不知道中年人怎都那样儿？

不知道中年人是不是都那样儿？

剩下的他们都知道。

一群鸽子，雪白，悠扬。一群男孩和女孩疯疯癫癫五光十色。

鸽子在阳光下的楼群里吟咏，徘徊。男孩和女孩在公路上骑车飞跑。

年年如此，天上地下。

太阳地里的老人闭目养神，男孩和女孩的事他了如指掌——除了不知道还要在这太阳底下坐多久，剩下的他都知道。

一个日趋丰满的女孩，一个正在成形的男子——流浪的歌手，抑或流浪的恋人——在瓢泼大雨里依偎伫立,在漫天大雪中相拥无语。

大雨和大雪中的春风,抑或大雨和大雪中的火焰。

老人躲进屋里。老人坐在窗前。老人看得怦然心动,看得怅然若失:我们过去多么规矩,现在的年轻人呀!

曾经的禁区,现在已经没有。

但,现在真的没有了吗?

亲吻,依偎,抚慰,阳光下由衷的坦露,月光中油然地嘶喊,一次又一次,呻吟和颤抖,鲁莽与温存,心荡神驰但终至,束手无策……

肉体已无禁区。但禁果也已不在那里。

倘禁果已因自由而失——"我拿什么献给你,我的爱人?"

春风强劲,春风无所不至,但肉体是一条边界——你还能走进哪里,还能走进哪里?肉体是一条边界因而,一次次心荡神驰,一次次束手无策。一次又一次,那一条边界更其昭彰。

无奈的春天,肉体是一条边界,你我是两座囚笼。

倘禁果已被肉体保释——"我拿什么献给你,我的爱人?"

所有的词汇都已苍白。所有的动作都已枯槁。所有的进入,无不进入荒茫。

一个日趋丰满的女孩,一个正在成形的男子,互相近在眼前但是:你在哪儿?

你在哪儿呀——

群山响遍回声。

群山响彻疯狂的摇滚，春风中遍布沙哑的歌喉。

整个春天，直至夏天，都是生命力独享风流的季节。长风沛雨，艳阳明月，那时田野被喜悦铺满，天地间充斥着生的豪情，风里梦里也全是不屈不挠的欲望。那时百花都在交媾，万物都在放纵，蜂飞蝶舞、月移影动也都似浪言浪语。那时候灵魂被置于一旁，就像秋天尚且遥远，思念还未成熟。那时候视觉呈一条直线，无暇旁顾。

不过你要记得，春天的美丽也正在于此。在于纯真和勇敢，在于未通世故。

设若枝桠折断，春天惟努力生长。设若花朵凋残，春天惟含苞再放。设若暴雪狂风，但只要春天来了，天地间总会飘荡起焦渴的呼喊。我还记得一个伤残的青年，是怎样在习俗的忽略中，摇了轮椅去看望他的所爱之人。

也许是勇敢，也许不过是草率，是鲁莽或无暇旁顾，他在一个早春的礼拜日起程。摇着轮椅，走过融雪的残冬，走过翻浆的土路，走过滴水的屋檐，走过一路上正常的眼睛，那时，伤残的春天并未感觉到伤残，只感觉到春天。摇着轮椅，走过解冻的河流，走过湿润的木桥，走过满天摇荡的杨花，走过幢幢喜悦的楼房，那时，伤残的春天并未有什么卑怯，只有春风中正常的渴望。走过喧嚷的街市，走过一声高过一声的叫卖，走过灿烂的尘埃，那时，伤残的春天毫无防备，只是越走越怕那即将到来的见面太过俗常……就这样，他摇着轮椅走进一处安静的宅区——安静的绿柳，安静的桃花，安静的阳光下安静的楼房，以及楼房投下的安静的阴影。

但是台阶！你应该料到但是你忘了，轮椅上不去。

自然就无法敲门。真是莫大的遗憾。

屡屡设想过她开门时的惊喜，一路上也还在设想。

便只好在安静的阳光和安静的阴影里徘徊，等有人来传话。

但是没人。半天都没有一个人来。只有安静的绿柳和安静的桃花。

那就喊她吧。喊吧，只好这样。真是大煞风景，亏待了一路的好心情。

喊声惊动了好几个安静的楼窗。转动的玻璃搅乱了阳光。你们这些幸运的人哪，竟朝夕与她为邻！

她出来了。

可是怎么回事？她脸上没有惊喜，倒像似惊慌："你怎么来了？"

"呵老天，你家可真难找。"

她明显心神不定："有什么事吗？"

"什么事？没有哇？"

她频频四顾："那你……？"

"没想到走了这么久……"

她打断你："跑这么远干吗，以后还是我去看你。"

"咳，这点路算什么？"

她把声音压得不能再低："嘘——，今天不行，他们都在家呢。"

不行？什么不行？他们？他们怎么了？噢……是了，就像那台阶一样你应该料到他们！但是忘了。春天给忘了。尤其是伤残，给忘了。

她身后的那个落地窗，里边，窗帷旁，有个紧张的脸，中年人的脸，身体埋在沉垂的窗帷里半隐半现。你一看他，他就埋进窗帷，你不看他，他又探身出现——目光严肃，或是忧虑，甚至警惕。继而又多了几道同样的目光，在玻璃后面晃动。一会儿，窗帷缓缓地合拢，玻璃上只剩下安静的阳光和安静的桃花。

你看出她面有难色。

"哦，我路过这儿，顺便看看你。"

你听出她应接得急切："那好吧，我送送你。"

"不用了，我摇起轮椅来，很快。"

"你还要去哪儿？"

"不。回家。"

但他没有回家。他沿着一条大路走下去，一直走到傍晚，走到了城市的边缘，听见旷野上的春风更加肆无忌惮。那时候他知道了什么？那个遥远的春天，他懂得了什么？那个伤残的春天，一个伤残的青年终于看见了伤残。

看见了伤残，却摆脱不了春天。春风强劲也是一座牢笼，一副枷锁，一处炼狱，一条命定的路途。

盼望与祈祷。彷徨与等待。以至漫漫长夏，如火如荼。

必要等到秋天。

秋风起时，疯狂的摇滚才能聚敛成爱的语言。

在《我与地坛》里有这样一段话："要是有些事我没说，地坛，你别以为是我忘了，我什么也没忘，但是有些事只适合收藏。不能说，也不能想，却又不能忘。它们不能变成语言，它们无法变成语言，一旦变成语言就不再是它们了。它们是一片朦胧的温馨与寂寥，是一片成熟的希望与绝望，它们的领地只有两处：心与坟墓。比如说邮票，有些是用于寄信的，有些仅仅是为了收藏。"

终于一天，有人听懂了这些话，问我："这里面像是有个爱情故事，干吗不写下去？"

"这就是那个爱情故事的全部。"

在那座废弃的古园里你去听吧，到处都是爱情故事。到那座荒芜的祭坛上你去想吧，把自古而今的爱情故事都放到那儿去，就是这一个爱情故事的全部。

"这个爱情故事，好像是个悲剧？"

"你说的是婚姻，爱情没有悲剧。"

对爱者而言，爱情怎么会是悲剧？对春天而言，秋天是它的悲剧吗？

"结尾是什么？"

"等待。"

"之后呢?"

"没有之后。"

"或者说,等待的结果呢?"

"等待就是结果。"

"那,不是悲剧吗?"

"不,是秋天。"

夏日将尽,阳光悄然走进屋里,所有随它移动的影子都似陷入了回忆。那时在远处,在北方的天边,远得近乎抽象的地方,仔细听,会有些极细微的骚动正仿佛站成一排,拉开一线,嗡嗡嘤嘤跃跃欲试,那就是最初的秋风,是秋风正在起程。

近处的一切都还没有什么变化。人们都还穿着短衫,摇着蒲扇,暑气未消草木也还是一片葱茏。惟昆虫们似有觉察,迫于秋天的临近,低吟高唱不舍昼夜。

在随后的日子里,你继续听,远方的声音逐日地将有所不同:像在跳跃,或是谈笑,舒然坦荡阔步而行,仿佛歧路相遇时的寒暄问候,然后同赴一个约会。秋风,绝非肃杀之气,那是一群成长着的魂灵,成长着,由远而近一路壮大。

秋风的行进不可阻挡,逼迫得太阳也收敛了它的宠溺,于是乎草枯叶败落木萧萧,所有的躯体都随之枯弱了,所有的肉身都遇到了麻烦。强大的本能,天赋的才华,旺盛的精力,张狂的欲望和意志,都不得不放弃了以往的自负,以往的自负顷刻间都有了疑问。

心魂从而被凸显出来。

秋天，是写作的季节。

一直到冬天。

呢喃的絮语代替了疯狂的摇滚，流浪的人从哪儿出发又回到了哪儿。

天与地，山和水，以至人的心里，都在秋风凛然的脚步下变得空阔、安闲。

落叶飘零。

或有绵绵秋雨。

成熟的恋人抑或年老的歌手，望断天涯。

望穿秋水。

望穿了那一条肉体的界线。

那时心魂在肉体之外相遇，目光漫漶得遥远。

万物萧疏，满目凋敝。强悍的肉身落满历史的印迹，天赋的才华闻到了死亡的气息，因而灵魂脱颖而出，欲望皈依了梦想。

本能，锤炼成爱的祭典——性，得禀天意。

细雨唏嘘如歌。

落叶曼妙如舞。

衰老的恋人抑或垂死的歌手，随心所欲。

相互摸索，颤抖的双手仿佛核对遗忘的秘语。

相互抚慰，枯槁的身形如同清点丢失的凭据。

这一向你都在哪儿呀——！

群山再度响遍回声，春天的呼喊终于有了应答：

我，就是你遗忘的秘语。

你，便是我丢失的凭据。

今夕何年？

生死无忌。

秋天，一直到冬天，都是写作的季节。

一直到死亡。

一直到尘埃埋没了时间，时间封存了往日的波澜。

那时有一个老人走来喧嚣的歌厅，走到沸腾的广场，坐进角落，坐在一个老人应该坐的地方，感动于春风又至，又一代人到了时候。不管他们以什么形式，以什么姿态，以怎样的狂妄与极端，老人都已了如指掌。不管是怎样地嘶喊，怎样地奔突和无奈，老人知道那不是错误。你要春天也去谛听秋风吗？你要少男少女也去看望死亡吗？不，他们刚刚从那儿醒来。上帝要他们涉过忘川，为的是重塑一个四季，重申一条旅程。他们如期而至。他们务必要搅动起春天，以其狂热，以其嚣张，风情万种放浪不羁，而后去经历无数夏天中的一个，经历生命的张扬，本能的怂恿，爱情的折磨，以及才华横溢却因那一条肉体的界线而束手无策！以期在漫长夏天的末尾，能够听见秋风。而这老人，走向他必然的墓地。披一身秋风，走向原野，看稻谷金黄，听熟透的果实嘭然落地，闻浩瀚的葵林掀动起浪浪香风。祭拜四季；多少生命已在春天夭折，已在漫漫长夏耗尽才华，或因伤残而熄灭于习见的忽略。祭拜星空；生者和死者都将在那儿汇聚，浩然而成万古消息。写作的季节老人听见：灵魂不死 —— 毫无疑问。

有钱最好 / 老舍

既是苦命人，到处都得受罪。穷大奶奶逛青岛，受洋罪；我也正受着这种洋罪。

青岛的青山绿水是给诗人预备的，我不是诗人。青岛的洋楼汽车是给阔人预备的，我有时候袋里剩三个子儿。享受既然无缘，只好放在一边，单表受罪。

第一先得说房。大小不拘，这里的房全是洋式。由房东那方面看，租钱不算多；由住房儿的看，像我这样的人，简直一月月的干给房钱赶网。吃也不算贵，喝也不算贵；房没有贱的。房既然贵，自然住不起一整所儿，所以大多数的楼房是分租的，一层儿两三间房租给一家。住楼上的呢，得上下跑腿；而且费煤，因为高处得风，墙又不厚。住楼下的，自然省了脚，也较比的暖一点，可是乐不抵苦。您别看大家都洋服嘟咕儿的，到公德心，青岛的人并不比别处的文明。楼的建筑根本是二五八，楼板也就是一寸来厚，而楼上的人们，绝不会想到楼下还有人。希望大家铺地毯，未免所求过奢；能垫上点席子的便很难得。要赶上楼上有那么七八个孩子，那就蛤蟆垫桌腿儿，死挨。人家能把楼板跺得老忽闪忽闪的动，时时有塌下来的可能。自然没人能管住小孩不走不跳，可是能够作到的也没人作。比如说椅子腿上包点布，或者不准小孩拉椅子，这很容易办吧？哼，没那回事。你莫名其妙楼上怎会有那么多椅子，更不知道为什么老在那儿拉。你晓得楼上拉椅子多么难听，它钻脑子，叫人想马上自杀。可是谁叫你住楼下呢！你乘早不用去请求，住楼上的理直气壮。"哟，我们的孩子会闹？那可奇怪！拉椅子？我们的小孩可就是喜欢拉椅子玩。在楼上踢毽？可不是，小孩还能不玩？"楼上的人都这么和气而且近情近理。你只有一条路，搬家。

搬吧，都调查好了，同楼的小孩少，大人也规矩，你很喜欢。搬过去一看，院里有八条狗！青岛是带洋派的地方，讲究养狗。可是养狗的人想不起去溜溜它们，狗屎全摆在院中。狗名儿都是洋的，什么济美、什么邦走；敢情洋名的狗拉洋屎，也是臭的。济美们还叫呢，要赶上你要睡会儿觉，或是孩子刚睡着，人家才叫得凶呢。

还得搬哪！这回可好，没有小孩，也没有狗。早晨七点来钟，人家唱上了。青岛的京戏最时兴。早晨唱过了，那敢情不过是喊喊嗓子。大轴子是在晚上，胡琴拉着，生末净旦丑俱全，唱开了没头儿。唱得好听的自然不是没有哇；叫人想自杀的也不少。你怎办？还得搬家。

搬一回家，要安一回灯，挂一回帘子；洋房吗。搬一回家，要到公司报一回灯,报一回水,洋派吗。搬一回家,要损失一些东西,损失一些钱,洋罪吗。

好房子有哇,也得住得起呀。算了吧,房子够了。

带洋字的,还就是洋车好,干净,雨布风帘也齐全;可就是贵。一上车就是一毛钱,稍微远那么一点就得两毛。我的办法是不坐。这有点对不起"车友"们,可是有什么办法呢?自行车也不好骑,净是山路,坡得要命。最好是坐汽车,其次就是走,据我看。汽车呢,连那个喇叭咱也买不起;即使勉强的买个喇叭,不是还得自己走路;干脆,咱走就是了。青岛的空气却是不坏,可惜脚受点委屈!

关于食,没有什么可说的。饭馆子不少,中菜西菜都有。价钱都可以的,所以咱还是消极抵抗,不吃。自己家里做菜倒不贵,鱼虾现成,而且新鲜。别的肉类菜蔬也说不上贵来;吃饱了拉倒,这倒好办。馋了呢?活该!

穿,随便。青年人多数穿洋服,也很有些穿得很讲究的。咱向来不讲究穿,给它个不在乎。这占了已结婚的便宜。设若正在"追求"期间,我想我也得多一份洋罪。不穿洋服,可是我天天刮胡子,这一来是耍洋派,二来表示我并不完全不怕太太。完全不怕太太的人不易发财,真的!

说到了玩,此地没有什么游艺场。此地根本是个避暑的所在,成年价在这儿住,当然是别扭。京戏偶尔来几个名角,戏价总要两三块,咱犯不上去。平日呢,老有蹦蹦戏,听着又不过瘾。电影院有几处，夏天才来好片子；冬天只是对付事儿，我假装的避宿，赶到惊蛰再去，也还不迟。公园真好，道路真好，海岸真好，遇上晴天我便去走，既不用花钱，而且接近了自然。在别方面受的罪，由这个享受补过来，这叫做穷欢喜。

总起来说，青岛不是个坏地方，官员们也真卖力气建设。所谓洋罪，是我的毛病，穷。假若我一旦发了财，我必定很喜欢这里。等着吧，反正咱不能穷一辈子。

中年 / 梁实秋

钟表上的时针是在慢慢地移动着的,移动得如此之慢,使你几乎不感觉到它的移动。人的年纪也是这样的,一年又一年,总有一天你会蓦然一惊,已经到了中年,到这时候大概有两件事使你不能不注意。讣闻不断的来,有些性急的朋友已经先走一步,很煞风景,同时又会忽然觉得一大批一大批的青年小伙子在眼前出现,从前也不知是在什么地方藏着的,如今一齐在你眼前摇晃,磕头碰脑的尽是些昂然阔步满面春风的角色,都像是要去吃喜酒的样子。自己的伙伴一个个的都入蛰了,把世界交给了青年人。所谓"耳畔频闻故人死,眼前但见少年多",正是一般人中年的写照。

从前杂志背面常有"韦廉士红色补丸"的广告,画着一个憔悴的人,弓着身子,手拊在腰上,旁边注着"图中寓意"四字。那寓意对于青年人是相当深奥的。可是这幅图画都常在一般中年人的脑里涌现,虽然他不一定想吃"红色补丸",那点寓意他是明白的了。一根黄松的柱子,都有弯曲倾斜的时候,何况是二十六块碎骨

第一章
每个人都有属于自己的时刻表

头拼凑成是一条脊椎？年轻人没有不好照镜子的，在店铺的大玻璃窗前照一下都是好的，总觉得大致上还有几分姿色。这顾影自怜的习惯逐渐消失，以至于有一天偶然揽镜，突然发现额上刻了横纹，那线条是显明而有力，像是吴道子的"莼菜描"，心想那是抬头纹，可是低头也还是那样，再一细看头顶上的头发有搬家到腮旁颔下的趋势，而最令人怵目惊心的是，鬓角上发现几根白发，这一惊非同小可，平夙一毛不拔的人到这时候也不免要狠心地把它拔去，拔毛连茹，头发根上还许带着一颗鲜亮的肉珠。但是没有用，岁月不饶人！

　　一般的女人到了中年，更着急。哪个年轻女子不是饱满丰润得像一颗牛奶葡萄，一弹就破的样子？哪个年轻女子不是玲珑矫健得像一只燕子，跳动得那么轻灵？到了中年，全变了。曲线还存在，但满不是那么回事，该凹入的部份变成了凸出，该凸出的部份变成了凹入，牛奶葡萄要变成为金丝蜜枣，燕子要变鹌鹑。最暴露在外面的是一张脸，从"鱼尾"起皱纹撒出一面网，纵横辐辏，疏而不漏，把脸逐渐织成一幅铁路线最发达的地图，脸上的皱纹已经不是烫斗所能烫得平的，同时也不知怎么在皱纹之外还常常加上那么多的苍蝇屎。所以脂粉不可少。除非粪土之墙，没有不可圬的道理。在原有的一张脸上再罩上一张脸，本是最简便的事。不过在上妆之前下妆之后容易令人联想起《聊斋志异》的那一篇《画皮》而已。女人的肉好像最禁不起地心的吸力，一到中年便一齐松懈下来往下堆摊，成堆的肉挂在脸上，挂在腰边，挂在踝际。听说有许多西洋女子用擀面杖似的一根棒子早晚混身乱搓，希望把浮肿的肉压得结实一点，又有些人干脆忌食脂肪忌食淀粉，扎紧裤带，活生生的把自己"饿"回青春去。有多少效果，我不知道。

别以为人到中年，就算完事。不。譬如登临，人到中年像是攀跻到了最高峰，回头看看，一串串的小伙子正在"头也不回呀，汗也不揩"地往上爬。再仔细看看，路上有好多块绊脚石，曾把自己磕碰得鼻青脸肿，有好多处陷阱，使自己做了若干年的井底之蛙。回想从前，自己做过扑灯蛾，惹火焚身，自己做过撞窗户纸的苍蝇，一心想奔光明，结果落在粘苍蝇的胶纸上！这种种景象的观察，只有站在最高峰上才有可能。向前看，前面是下坡路，好走得多。

施耐庵《水浒》序云："人生三十未娶，不应再娶；四十未仕，不应再仕。"其实"娶""仕"都是小事，不娶不仕也罢，只是这种说法有点中途弃权的意味，西谚云："人的生活在四十才开始"。好像四十以前，不过是几出配戏，好戏都在后面。我想这与健康有关。吃窝头米糕长大的人，拖到中年就算不易，生命力已经蒸发殆尽。这样的人焉能再娶？何必再仕？有"维他赐保命"都嫌来不及了。我看见过一些得天独厚的男男女女，年轻的时候愣头愣脑的，浓眉大眼，生僵挺硬，像是一些又青又涩的毛挑子，上面还带着挺长的一层毛。他们是未经琢磨过的璞石。可是到了中年，他们变得润泽了，容光焕发，脚底下像是有了弹簧，一看就知道是内容充实的。他们的生活像是在饮窖藏多年的陈酿，浓而芳冽！对于他们，中年没有悲哀。

四十开始生活，不算晚，问题在"生活"二字如何诠释。如果年届不惑，再学习溜冰踢毽子放风筝，"偷闲学少年"，那自然有如秋行春令，有点勉强。半老徐娘，留着"刘海"，躲在茅房里穿高跟鞋当做踩高跷地练习走路，那也是惨事。中年的妙趣，在于相当的认识人生，认识自己，从而做自己所能做的事，享受自己所能享受的生活。科班的童伶宜于唱全本的大武戏，中年的演员才能担得起大出的轴子戏，只因他到中年才能真懂得戏的内容。

谈文 / 周作人

这几天翻阅近人笔记，见叶松石著《煮药漫抄》卷下有这一节，觉得很有意思。

"少年爱绮丽，壮年爱豪放，中年爱简练，老年爱淡远。学随年进，要不可以无真趣，则诗自可观。"

叶松石在同治末年曾受日本文部省之聘，往东京外国语学校教汉文，光绪五六年间又去西京住过一年多，《煮药漫抄》就是那时候所著。但他压根儿还是诗人，《漫抄》也原是诗话之流，上边所引的话也是论诗的，虽然这可以通用于文章与思想，我觉得有意思的就在这里。

学随年进，这句话或者未可一概而论，大抵随年岁而变化，似乎较妥当一点。因了年岁的不同，一个人的爱好与其所能造作的东西自然也异其特色，我们如把绮丽与豪放并在一处，简练与淡远并在一处，可以分作两类，姑以中年前后分界，称之曰前期后期。中国人向来尊重老成，如非过了中年不敢轻言著作，就是编订自己少作,或评论人家作品的时候也总以此为标准,所以除了有些个性特别强的人,又是特别在诗词中,还留存若干绮丽豪放的以外,平常文章几乎无不是中年老年即上文所云后期的产物,也有真的,自然也有仿制。我们看唐宋以至明清八大家的讲义法的古文,历代文人讲考据或义理的笔记等,随处可以证明。那时候叫青年人读书,便是强迫他们磨灭了纯真的本性,慢慢人为地造成一种近似老年的心境,使能接受那些文学的遗产。这种办法有的也很成功的,不过他需要相当的代价,有时往往还是得不偿失。少年老成的人是把老年提先了,少年未必就此取消,大抵到后来再补出来,发生冬行春令的景象。我们常见智识界的权威平日超人似地发表高尚的教训,或是提倡新的或是拥护旧的道德,听了着实叫人惊服,可是不久就有些浪漫的事实出现,证明言行不一致,于是信用扫地,一塌胡涂。我们见了破口大骂,本可不必,而且也颇冤枉,这实是违反人性的教育习惯之罪,这些都只是牺牲耳。《大学》有云"是谓拂人之性,灾必逮夫身"。现今正是读经的时代,经训不可不三思也。

少年壮年中年老年,各有他的时代,各有他的内容,不可互相侵犯,也不可颠倒错乱。最好的办法还是顺其自然,各得其所。北京有一首儿歌说得好,可以唱给诸公一听:

"新年来到,糖瓜祭灶。姑娘要花,小子要炮。老头子要戴新呢帽,老婆子要吃大花糕。"

路 / 李广田

工友送来一张纸条，说有两个自称为学生的来访我。纸条上明明写着两个人名：一个万华清，另一个是展鸿图。我细看了两个名字后仍觉得茫茫然，万华清倒还熟识，且曾于一年前见过一面，那时他正在一个小县城中作一个小学教员，至于展鸿图则完全陌生，更不敢相信我曾有这么一个学生，然而我是很喜欢接见一些少年人的，无论是直接关系，或间接关系，甚至毫无关系而只指着我的名字来闲谈的，我都很诚恳地接待。我喜欢听一些少年人的告诉：关于他们的快乐，关于他们的悲哀，或关于他们的梦想，他们是常常告诉我许多绮丽梦想的。他们大半是初入社会的新战士，他们几乎满身是创伤，然而他们又满心是花朵。他们常使我照见我的过去，或许是多少成年人的过去，并使我看见摆在一般少年人脸前的多少不同的道路。譬如万华清君，我一看见这个名字，我立刻就想象出一副忧郁苍白的面孔来，因为他总是为了自己的出路问题而愁苦着。今次见面，我倒希望能看见他脸上有些快乐的颜色，而那位完

第一章
每个人都有属于自己的时刻表

全陌生的展鸿图君,我却在想象中替他担了一场忧心,我惟恐他也是一个为了出路问题而方在愁苦着的少年人。等到工友把万、展两君请到我的书斋中时,我才知道我的猜测是完全错误的。

万华清君的面色先使我感到不安。较之一年之前,他现在更显得苍白,更显得憔悴了,而且也更多了愁惨。他的一双多思的眼睛变得更大了些,高起的颧骨也更高了些,二十岁的人已生了颇浓密的胡髭,蓬松的头发好像已有三月不曾修剪,那不是黑色,也不是黄色,却是为尘垢所污而变为灰褐色的了。当一年以前我们相遇时,不必问他,我就猜出他是一个小学教员,现在也不必再问,我就看出他大概已经不是什么小学教员了,他的衣履都已经失了作为一个小学教师应有的整齐与清洁了,虽然他的简单朴素却是较前尤甚。

"你是从哪里来呢?"我问万君。

"从家乡来。"他谦逊地答。

"你现在作什么事呢?"我又问。

"我已经失业很久了。"

很明白地,当他迟迟回答我这话时,他显得局促不安起来。我一时之间也找不出什么话来可以继续,我也感到了不安,而且也感到一些抱歉的意思,只是不能说出。我转过头来招呼那位陌生的来客,他当然就是展鸿图君了。

"展君大概是华清的同乡吧?"我这句问话尚未说完时,展君就很恭敬地站起来了,他以一种非常练达的态度,从容不迫地说到:

"先生已经不认得我了,算起来已经是三四年的光景啦,和先生分别后就不曾再见过。我是×县小学第十八班的学生,我到校不久,先生就离开了×县,所以跟先生上课的日子并不久哩。"

我这才恍然大悟,怪不得他自称为我的学生了。我搜索我的记忆,才渐渐地对于这个少年人的面孔觉得有些熟悉,而且"展鸿图"这个名字,也渐渐觉得并不完全陌生了。

比较起万华清来,展鸿图却完全不同,他们两人可以说正好作了对比。

展鸿图的年纪大概也在二十左右吧,却很难断定,因为从他的面色看来,还似一个十七八岁的孩子,坚实而红润,在物质上,一样地在精神上,仿佛都得了很适当的营养;而在他的表情上,或者说在他的举止上,却又显得是一个二十以上的人了,那仿佛是为了某种必须的条件,他学得稳重了一些,学得练达了一些,虽然仍不能完全脱掉一个少年人的稚气。至于他的衣履呢,虽然不曾令人看出有故意打扮得整齐漂亮的意思,却又决不能令人看出讨厌的地方,我只能说他的整洁漂亮是一种自然而然的结果。而且觉得这个少年人正在一种很好的运途中,而他的前途还正光明而远大,但我始终还不能猜定他的职业是什么。

"你呢,展君,大概早已离开学校了吧?"我问展君。

"学校的大门早在我的面前关住了。"展君带着豁朗的笑容回答。"小学毕业之后,就有两条岔路摆在我的前边,家庭方面呢,因为经济困难,而且又需要助手在田间做活,便愿我抛开书本去锄

第一章
每个人都有属于自己的时刻表

地；我自己呢，却依然做着另一种迷梦，只认为小学毕业之后应当升入中学，中学毕业之后应当升入大学，而且当时看见许多同学都争着升学，就是为了一时的兴致，为了要同别人一样，便决定升学，至于为什么必须升学，将来一步一步毕业之后又将如何，当时是一点也想不到的。所以我就糊里糊涂地升入一个省立中学去了。"

"那么你一定是由中学毕业回来了？"我因为听了展君的谈吐而觉得有趣，不等他把话说完就插嘴发问。

"哪里能够毕业呢！如果已经毕业，我现在就不干这一行了。"他仿佛很惋惜自己似地急忙回答。"到底是为了经济困难，而且说实在些，更为了自己的天资不近于研究学问，不到一年工夫，我就毅然决然地退学了。这次退学，倒不像升学时那样糊涂，是自己很确切地打算过的：一则觉得太累苦了家庭，对不住父兄，如不再读书而作些别的事业，反倒可以帮助困苦的家庭；再则自己认清了自己，也许作点别的小事业比读书的结果还更好些，总之，我说一句实在话吧，我当时是忽然明白了一种道理：就是一切事业都一样可贵，一样的有可作为，并不限于读书一种；读书，也只是一种准备罢了，何况像许多青年人只知一味地升学升学，累坏了家庭，还糟践了自己。不过，哈哈哈……"

他不曾把话直爽地说出，却用了高大的声音哈哈大笑起来了。我很懂得他发笑的原因，果然不出我的预料，他的辩解紧接着就来了。

"哈哈，不过也不能一概而论，读书上进，自然也有好的，譬如先生你——"

下面话又被他的笑声打断了。

当展鸿图君这样连珠似地谈论之际,那位万华清君是依然沉默着,忧郁着,当然,他对于展君的事情是明白的,所以也并不像我那样特别感到兴趣。他有时也装出一些笑意,然而那笑容底下却明明地藏着一种难言的苦痛。至于我对于展君的议论感到兴趣的原因,也并非只是为了好奇,实在是我近来也正有着像展君所说的那种感想了。我离开了大学之后,到这个中学来做教师,已有一年半的光景,这学校中有五百个少年朋友,我差不多已经知道其中有三百个小朋友在演着悲剧了。这些少年朋友的家庭多半是困苦的,有些父兄是勤俭刻苦的农人,有些是劳碌如牛马的工人,还有些则是典卖产业,或高筑债台,才能来供给这些少年人的学费。这些作父兄的当然还想不到现代的社会制度或教育制度诸问题上去,顶可怜的,却是他们还有一种类似的迷信,他们总以为他们的儿子毕业之后立刻就可以有很好的事情可作,或者更明确些说,他们还希望他们的儿子会得作官发财呢。至于这些少年人本身呢,他们当然是要哭着叫着地要升学,要读书,然而他们在学校中却为周考,月考,季考,年考,毕业考,会考,升学考,以及其他种种难关所逼迫,学业失败还在其次,最可惜的是早已把身体弄得失了健康,当然更谈不到活泼的精神了。我眼见有多少十七八岁的孩子都垂头丧气,害得神经衰弱症,他们就连到操场上打球的时间也没有,虽然学校明明定有运动时间,然而他们仍旧把运动时间用在了读书上,但是这样的结果在功课方面却还不一定是胜利。每到暑假年假,常见多少学生偷偷伏在案上涕泣,我心里觉得悲痛极了。我明明知道,在这几百少年人中,有多少人是可以作很好的农夫,有多少人是可以作很好的工人,更有多少人可以去作好军人,好商人,好邮差,好警察,好办事员,以及其他一些同样重要,同样有意义的职务,然而这几百人却做着一个梦,他们只认定读书是唯一的道路,只认为升学是最美的事情,于是他们大多数人的结局便是一幕悲剧。近来,特别是近半年来,为了环境的逼迫,为了事实的需要,有许多少年朋友已经把一张毕业文凭看得并不重要了,有许多人不等到毕业便离开了学校,他们各人捉住了各人所最喜欢的机会,有的到海上去作水手,有的到空中学驾飞机,有的穿了绿衣服为人送信,有的穿了黑衣服在街上维持秩序,也有的到种种不同的机关去学习应用技术去了。其初,我还对于这些少年人感到惋惜,我觉得,他们年纪轻轻的,还正在需要父母、师长替他们料理生活的时候,他们便已勇敢地去自谋生活,实在觉得他们太稚弱了,太失助了,便觉得这个社会真是一个不慈的社会。但从此以后,我屡次接到这些离校的朋友来信,他们都来诉说他们的快乐,他们都来预告他们的光明前途,并说,他们虽然也碰了些钉子,吃了不少苦楚,然而他们承认他们所得的代价,他们说比较在学校所学的踏实到万倍,而且把从前的孩子梦也完全打破了。他们现在也不再做梦,却是正在切切实实地计划着各人的事业了。我读了这些信自然是快乐的,然而也还是悲痛的,我的快乐与悲痛的泪交织地流着,我佩服我们这些少年人了。当我很热诚地为这些朋友们回信时，我除却为他们祝福外，我已无话可说，我觉得我已经没有向他们说话的资格了。今次我听了展鸿图君的谈论，自然也是欢喜的，我禁不住急忙问道：

"那么你现在是干什么呢？你还不曾告诉我你的职业呵。"

于是展君便又变得十分谦恭的样子，仿佛不愿说明似的，笑着说道：

"我吗，哈哈，先生一定猜不到，我作了洗衣局的老板啦，说实在些，我现在是一个洗衣匠了。"

说罢之后，他又哈哈大笑。

展君因为不明白我心里的意思，还不愿意明白说出他的职业来的那种神情，我是完全看出来了，这使我又觉得不安，实际我是等于受了一点侮辱一样了，我实在不愿意人家把我看成另一种人呵。我当然得把我的意见说明，我说明我对于展君的同情，并很不客气地说出一些鼓励的话来。这时候展君才能很坦然地告诉我，他的洗衣局的情形。他从中学退学之后，在家里作了半年农人，因为由几个旧同学的商议，便决定到省城来作洗衣的生意了。其初，他们还聘一个师傅，后来他们连师傅也不用了，他们自己是主人，他们自己也是工人，除却正式的洗衣工作而外，他们把其他对内对外的事情分担着，展君自己呢，则担任着在外边招揽生意。他这次到我这里来，就是为了要把学校中的生意都接过去，惟恐我不认识他，所以才托了万华清君作为介绍，他说他过去所学的一点化学知识，现在也居然应用了，不过还须继续研究；他说他现在正访求关于消毒染色漂白等事的书籍，总希望自己局里洗出来的衣服能比别家洗得好些，至于价钱当然要特别公道。他又说他们的生意是相当旺盛的，只是住处偏僻，房间太少，正希望在明春能开出几家分局，他还想组织一个洗衣工会，把这件事业作得更有社会性一些。我听着他的计划，看着他说话的态度，我几乎忘记了他是一个二十岁左右的少年人，我只觉得他已是一个很有希望，很有前途的事业家了。

展君把话说完之后，我们之间有片刻的沉默，在沉默中，仿佛展君还在暗暗地计划着他的生意。至于那位万君呢，因为我同他是比较熟识的，所以我还不曾同他谈过多少话，他自始至终是在那里沉默着，而且愁苦着。现在我就应当问问万君的情形了。

当我在×县小学教书的时候，我还记得万君是一个颇聪明的学生，特别是他的国文程度尤在其他学生之上。但他的脑力实在并不很好，所以对于数理一类功课，他都感到困难，尤其是算术，他简直怕得厉害，因为怕，所以也就更不喜欢用功了。然而他始终抱着一种幻想：他想继续升学，继续读书，他想作一个学者，或者更确实一点说，他想作一个文学家。然而他的家庭是非常困苦的，他虽然曾费了九牛二虎的力量向家庭求得了升中学的许可，而且他居然也在一个省立中学卒业了，然而他的功课却终于未能学到好处，他只是在一个连他自己也不甚清楚的梦境中玩弄光景罢了。他在中学卒业之后，也像其他中学生一样，只希望能继续升入大学，然而这却是万万难能的事，即使他的家庭给了他空头允许，他也无法可以弄到学费了，于是无可如何，退出了中学，也就如同退出了一个绮丽的梦境。他到一个小县城中作了一个小学教员，也就是走入一个最不诗意，最实际，最缺乏梦的色彩的场面中去了。他乃感到了幻灭，他乃感到了生之厌倦，不到一年工夫，失业的痛苦又把他打到万劫难复的深渊里去了。他在困苦的家庭中住了半年有余，不但不能给家庭帮忙，而且更给家庭添了累赘，直到如今，他还是寻不到职业，而他又没有勇气跳到另一条生路上，像展君鸿图那样作一个洗衣匠，或作类似洗衣匠之类的工作。他苦闷着，他寻不到出路，而他的年龄，他的体力，都给了他以改弦更辙的阻碍。

"半年来的家庭生活怎样呢？"我问万君。

"苦恼极了！"他答。

"想谋的职业可有头绪吗？"

"一点儿希望也没有！"

"那么你打算怎么办呢？"

"连我自己也不知道！"

唉，我为什么还要问这些话？我既不能立刻为他想出办法，我也就不必多问了，虽然我对于万君也同样抱着同情，并有着愿为之助的心思，然而我也只有以沉默作为劝慰了。

以后我们又谈到了许多旧日的学友，他们都走上了不同的道路，这又使我温习了一遍我的往日。当展、万二君告辞的时候，已是日落黄昏。当然，展君是要回到他的洗衣局去的。当我问到万华清君的去处时，他说他也要同展君一路同去，因为他还没有一定的归宿,他只好暂住在展君的洗衣局里。

他们一路走了。在暮色苍茫中,我目送着他俩的背影,眼前尚描画着两个不同的面孔,一个是快乐的,光明的,另一个却是愁苦的,暗淡的。

择偶记 / 朱自清

自己是长子长孙,所以不到十一岁就说起媳妇来了。那时对于媳妇这件事简直茫然,不知怎么一来,就已经说上了。是曾祖母娘家人,在江苏北部一个小县份的乡下住着。家里人都在那里住过很久,大概也带着我;只是太笨了,记忆里没有留下一点影子。祖母常常躺在烟榻上讲那边的事,提着这个那个乡下人的名字。起初一切都像只在那白腾腾的烟气里。日子久了,不知不觉熟悉起来了,亲昵起来了。除了住的地方,当时觉得那叫做"花园庄"的乡下实在是最有趣的地方了。因此听说媳妇就定在那里,倒也仿佛理所当然,毫无意见。每年那边田上有人来,蓝布短打扮,衔着旱烟管,带好些大麦粉,白薯干儿之类。他们偶然也和家里人提到那位小姐,大概比我大四岁,个儿高,小脚;但是那时我热心的其实还是那些大麦粉和白薯干儿。

记得是十二岁上,那边捎信来,说小姐痨病死了。家里并没有人叹惜;大约他们看见她时她还小,年代一多,也就想不清是怎样

第一章
每个人都有属于自己的时刻表

一个人了。父亲其时在外省做官,母亲颇为我亲事着急,便托了常来做衣服的裁缝做媒。为的是裁缝走的人家多,而且可以看见太太小姐。主意并没有错,裁缝来说一家人家,有钱,两位小姐,一位是姨太太生的;他给说的是正太太生的大小姐。他说那边要相亲。母亲答应了,定下日子,由裁缝带我上茶馆。记得那是冬天,到日子母亲让我穿上枣红宁绸袍子,黑宁绸马褂,戴上红帽结儿的黑缎瓜皮小帽,又叮嘱自己留心些。茶馆里遇见那位相亲的先生,方面大耳,同我现在年纪差不多,布袍布马褂,像是给谁穿着孝。这个人倒是慈祥的样子,不住地打量我,也问了些念什么书一类的话。回来裁缝说人家看得很细:说我的"人中"长,不是短寿的样子,又看我走路,怕脚上有毛病。总算让人家看中了,该我们看人家了。母亲派亲信的老妈子去。老妈子的报告是,大小姐个儿比我大得多,坐下去满满一圈椅;二小姐倒苗苗条条的,母亲说胖了不能生育,像亲戚里谁谁谁;教裁缝说二小姐。那边似乎生了气,不答应,事情就摧了。

母亲在牌桌上遇见一位太太,她有个女儿,透着聪明伶俐。母亲有了心,回家说那姑娘和我同年,跳来跳去的,还是个孩子。隔了些日子,便托人探探那边口气。那边做的官似乎比父亲的更小,那时正是光复的前年,还讲究这些,所以他们乐意做这门亲。事情已到九成九,忽然出了岔子。本家叔祖母用的一个寡妇老妈子熟悉这家子的事,不知怎么教母亲打听着了。叫她来问,她的话遮遮掩掩的。到底问出来了,原来那小姑娘是抱来的,可是她一家很宠她，和亲生的一样。母亲心冷了。过了两年，听说她已生了痨病，吸上鸦片烟了。母亲说，幸亏当时没有定下来。我已懂得一些事了，也这么想着。

　　光复那年，父亲生伤寒病，请了许多医生看。最后请着一位武先生，那便是我后来的岳父。有一天，常去请医生的听差回来说，医生家有位小姐。父亲既然病着，母亲自然更该担心我的事。一听这话，便追问下去。听差原只顺口谈天，也说不出个所以然。母亲便在医生来时，教人问他轿夫，那位小姐是不是他家的。轿夫说是的。母亲便和父亲商量，托舅舅问医生的意思。那天我正在父亲病榻旁，听见他们的对话。舅舅问明了小姐还没有人家，便说，像×翁这样人家怎么样？医生说，很好呀。话到此为止，接着便是相亲；还是母亲那个亲信的老妈子去。这回报告不坏，说就是脚大些。事情这样定局，母亲教轿夫回去说，让小姐裹上点儿脚。妻嫁过来后，说相亲的时候早躲开了，看见的是另一个人。至于轿夫捎的信儿，却引起了一段小小风波。岳父对岳母说，早教你给她裹脚，你不信；瞧，人家怎么说来着！岳母说，偏偏不裹，看他家怎么样！可是到底采取了折衷的办法，直到妻嫁过来的时候。

若子的病 / 周作人

《北京孔德学校旬刊》第二期于四月十一日出版，载有两篇儿童作品，其中之一是我的小女儿写的。

《晚上的月亮》周若子

晚上的月亮，很大又很明。我的两个弟弟说："我们把月亮请下来，叫月亮抱我们到天上去玩。月亮给我们东西，我们很高兴。我们拿到家里给母亲吃，母亲也一定高兴。"

但是这张旬刊从邮局寄到的时候，若子已正在垂死状态了。她的母亲望着摊在席上的报纸又看昏沉的病人，再也没有什么话可说，只叫我好好地收藏起来，——做一个将来决不再寓目的纪念品。我读了这篇小文，不禁忽然想起六岁时死亡的四弟椿寿，他于得急性肺炎的前两三天，也是固执地向着佣妇追问天上的情形，我自己知道这都是迷信，却不能禁止我脊梁上不发生冰冷的奇感。

十一日的夜中，她就发起热来，继之以大吐，恰巧小儿用的摄氏体温表给小波波（我的兄弟的小孩）摔破了，土步君正出着第二次种的牛痘,把华氏的一具拿去应用,我们房里没有体温表了,所以不能测量热度,到了黎明从间壁房中拿来表一量,乃是四十度三分!八时左右起了痉挛,妻抱住了她,只喊说:"阿玉惊了,阿玉惊了!"弟妇(即是妻的三妹)走到外边叫内弟起来,说:"阿玉死了!"他惊起不觉坠落床下。这时候医生已到来了,诊察的结果说疑是"流行性脑脊髓膜炎",虽然征候还未全具,总之是脑的故障,危险很大,十二时又复痉挛,这回脑的方面倒还在其次了,心脏中了霉菌的毒非常衰弱,以致血行不良,皮肤现出黑色,在臂上捺一下,凹下白色的痕好久还不回复。这一日里,院长山本博士,助手蒲君,看护妇永井君白君,前后都到,山本先生自来四次,永井君留住我家,帮助看病。第一天在混乱中过去了,次日病人虽不见变坏,可是一昼夜以来每两小时一回的樟脑注射毫不见效,心脏还是衰弱,虽然热度已减至三八至九度之间。这天下午因为病人想吃可可糖,我赶往哈达门去买,路上时时为不祥的幻想所侵袭,直到回家看见毫无动静这才略略放心。第三天是火曜日,勉强往学校去,下午三点半正要上课,听说家里有电话来叫,赶紧又告假回来,幸而这回只是梦吃,并未发生什么变化。夜中十二时山本先生诊后,始宣言性命可以无虑。十二日以来,经了两次的食盐注射,三十次以上的樟脑注射,身上拥着大小七个的冰囊,在七十二小时之末总算已离开了死之国土,这真是万幸的事了。

山本先生后来告诉川岛君说,那日曜日他以为一定不行的了。大约是第二天,永井君也走到弟妇的房里躲着下泪,她也觉得这小朋友怕要为了什么而辞去这个家庭了。但是这病人竟从万死中逃得一生,不知是那里来的力量。医呢,药呢,她自己或别的不可知之力呢?但我知道,如没有医药及大家的救护,她总是早已不存了。我若是一种宗派的信徒,我的感谢便有所归,而且当初的惊怖或者也可减少,但是我不能如此,我对于未知之力有时或感着惊异,却还没有致感谢的那么深密的接触。我现在所想致感谢者在人而不在自然,我很感谢山本先生与永井君的热心的帮助,虽然我也还不曾忘记四年前给我医治肋膜炎的劳苦。川岛斐君二君每日殷勤的访问,也是应该致谢的。

整整地睡了一星期,脑部已经渐好,可以移动,遂于十九日午前搬往医院,她的母亲和"姊姊"陪伴着,因为心脏尚须治疗,住在院里较为便利,省得医生早晚两次赶来诊察,现在温度复原,脉搏亦渐恢复,她卧在我曾经住过两个月的病室的床上,只靠着一个冰枕,胸前放着一个小冰囊,伸出两只手来,在那里唱歌。妻同我商量,若子的兄姊十岁的时候,都花过十来块钱,分给用人并吃点东西当作纪念,去年因为筹不出这笔款,所以没有这样办。这回病好之后,须得设法来补做并以祝贺病愈。她听懂了这会话的意思,便反对说:"这样办不好。倘若今年做了十岁,那么明年岂不还是十一岁吗?"我们听了不禁破颜一笑。唉,这个小小的情景,我们在一星期前那里敢梦想到呢?

紧张透了的心一时殊不容易松放开来。今日已是若子病后的第十一日,下午因为稍觉头痛告假在家,在院子里散步,这才见到白的紫的丁香都已盛开，山桃烂熳得开始憔悴了，东边路旁爱罗先珂君回俄国前手植作为纪念的一株杏花已经零落净尽，只剩有好些绿蒂隐藏嫩叶的底下。春天过去了，在我们彷徨惊恐的几天里，北京这好像敷衍人似的短促的春天早已偷偷地走过去了。这或者未免可惜，我们今年竟没有好好地看一番桃杏花。但是花明年会开的，春天明年也会再来的，不妨等明年再看；我们今年幸而能够留住了别个一去将不复来的春光，我们也就够满足了。

今天我自己居然能够写出这篇东西来，可见我的凌乱的头脑也略略静定了，这也是一件高兴的事。

第二章
我们始终无法超越所有人

天才是什么？我分析不上来，
怎么能得到它？至今还未晓得。
但经验，确是可以从努力中获得。
努力而不一定成功，但是努力必有进步。

独白 / 老舍

没有打旗子的,恐怕就很不易唱出文武带打的大戏吧?所以,我永不轻看打旗子的弟兄们。假若这只是个人的私见,并非公论,那么自己就得负责检讨自己,找说出这话的原因。噢,原来自己就是个打旗子的啊!虽然自己并没有在戏台上跑来跑去,可是每日用笔在纸上乱画,始终没写出一篇惊人的东西,不也就等于打旗子吗?

票友有没有专学打旗子的?大概没有;至少是我自己还没见过。那么,打旗子的恐怕——即使有例外——多数都是职业的。凭本事挣饭吃,且不提光荣与否,实在不是件容易的事;因此,我不敢轻看戏台上的龙套,也就不便自惭无能,终日在文艺台上幌来幌去,而唱不出一句来。

天才是什么?我分析不上来。怎么能得到它?也至今还未晓得。所以,顶好暂不提它。经验,我可是知道,确是可以从努力中获得,而努力与否是全靠自己的。努力而仍不成功,也许是限于天才,石块不能变成金子,即使放在炉中依法锻炼。但是,努力必有进步，或者连天才者也难例外；那么，努力总会没错儿。于是，我就这样安慰自己，勉励自己：努力呀，打旗子的！是不是打末旗的可以升为打头旗的？我不知道戏班子里的规矩。在文艺台上，至今还没有明文规定升格的办法；假若自己肯努力，也许能往前进一步吧？即使连这在事实上也还难以办到，好，我在心理上抱定此旨，还不行吗？干脆一句话，努力就是了，管它什么！

这样，能产生伟大的作品吗？不知道！这样，不害羞自己永远庸庸碌碌吗？没关系！不偷懒、不自馁、不自满，我呀，我只求因努力而能稍稍进步！再进一万步，也许我还摸不着伟大的边儿，那有什么关系呢？努力是我所能的，所应该的；在梦中我曾变为莎士比亚，可惜那只是个梦呀！

文艺与木匠 / 老舍

一位木匠的态度,据我看:(一)要作个好木匠;(二)虽然自己已成为好木匠,可是绝不轻看皮匠、鞋匠、泥水匠,和一切的匠。

此态度适用于木匠,也适用于文艺写家。我想,一位写家既已成为写家,就该不管怎么苦,工作怎样繁重,还要继续努力,以期成为好的写家,更好的写家,最好的写家。同时,他须认清:一个写家既不能兼作木匠、瓦匠,他便该承认五行八作的地位与价值,不该把自己视为至高无上,而把别人踩在脚底下。

我有三个小孩。除非他们自己愿意,而且极肯努力,作文艺写家,我决不鼓励他们;因为我看他们作木匠、瓦匠、或作写家,是同样有意义的,没有高低贵贱之别。

假若我的一个小孩决定作木匠去,除了劝告他要成为一个好木匠之外,我大概不会絮絮叨叨的再多讲什么,因为我自己并不会木工,无须多说废话。

第二章
我们始终无法超越所有人

假若他决定去作文艺写家，我的话必然的要多了一些，因为我自己知道一点此中甘苦。

第一，我要问他：你有了什么准备？假若他回答不出，我便善意的，虽然未必正确的，向他建议：你先要把中文写通顺了。所谓通顺者，即字字妥当，句句清楚。假若你还不能作到通顺，请你先去练习文字吧，不要开口文艺，闭口文艺。文字写通顺了，你要"至少"学会一种外国语，给自己多添上一双眼睛。这样，中文能写通顺，外国书能念，你还须去生活。我看，你到三十岁左右再写东西，绝不算晚。

第二，我要问他：你是不是以为作家高贵，木匠卑贱，所以才舍木工而取文艺呢？假若你存着这个心思，我就要毫不客气的说：你的头脑还是科举时代的，根本要不得！况且，去学木工手艺，即使不能成为第一流的木匠，也还可以成为一个平常的木匠，即使不能有所创造，还能不失规矩的仿制；即使供献不多，也还不至于糟蹋东西。至于文艺呢，假若你弄不好的话，你便糟践不知多少纸笔，多少时间——你自己的，印刷人的，和读者的；罪莫大焉！你看我，已经写作了快二十年，可有什么成绩？我只感到愧悔，没有给人盖成过一间小屋，作成过一张茶几，而只是浪费了多少纸笔，谁也不曾得到我一点好处。高贵吗？啊，世上还有高贵的废物吗？

第三，我要问他：你是不是以为作写家比作别的更轻而易举呢？比如说，作木匠，须学好几年的徒，出师以后，即使技艺出众，也还不过是默默无闻的匠人；治文艺呢，你可以用一首诗，一篇小说，而成名呢？我告诉你，你这是有意取巧，避重就轻。你要知道，你心中若没有什么东西，而轻巧的以一诗一文成了名，名适足以害了你！名使你狂傲，狂傲即近于自弃。名使你轻浮、虚伪。文艺不是轻而易举的东西，你若想借它的光得点虚名，它会极厉害的报复，使你不但挨不近它的身，而且会把你一脚踢倒在尘土上！得了虚名，而丢失了自己，最不上算。

第四，我要问他：你若干文艺，是不是要干一辈子呢？假若你只干一年半载，得点虚名便闪躲开，借着虚名去另谋高就，你便根本是骗子！我宁愿你死了，也不忍看你作骗子！你须认定：干文艺并不比作木匠高贵，可是比作木匠还更艰苦。在文艺里找黄金美人，你算是看错了地方！

第五，我要告诉他：你别以为我干这一行，所以你也必须来个"家传"。世上有用的事多得很，你有择取的自由。我并不轻看文艺，正如同我不轻看木匠。我可是也不过于重视文艺，因为只有文艺而没有木匠也成不了世界。我不后悔干了这些年的笔墨生涯，而只恨我没能成为好的写家。作官教书都可以辞职，我可不能向文艺递辞呈，因为除了写作，我不会干别的；已到中年，又极难另学会些别的。这是我的痛苦，我希望你别再来一回。不过，你一定非作写家不可呢，你便须按着前面的话去准备，我也不便绝对不同意，你有你的自由。你可得认真的去准备啊！

礼物 / 李广田

现在是夜间,昭和小岫都已睡了。我虽然也有点儿睡意,却还不肯就睡,因为我还要补做一些工作。白天应当做的事情没有做完,便愿意晚上补做一点儿,不然,仿佛睡也睡不安适。说是忙,其实忙了些什么呢?不过总是自己逼着自己罢了。那么就开始工作吧,然而奇怪,在暗淡的油灯光下,面对着翻开来的书本,自己却又有点茫然的感觉。白天,有种种声音在周围喧闹着,喧闹得太厉害了,有时候自己就迷失在这喧闹中;而夜间,夜间又太寂静了,人又容易迷失在这寂静中。听,仿佛要在这静中听出一点动来,听出一点声音来。声音是有的,那就是梦中人的呼吸声,这声音是很细微的,然而又仿佛是很宏大的,这声音本来就在我的旁边,然而又仿佛是很远很远的,像水声,像潮水退了,留给我一片沙滩,这一片沙滩是非常广漠的,叫我不知道要向哪一个方向走去。这时候,自己是管不住自己的思想的,那么就一任自己的思想去想吧:小时候睡在祖母的身边,半夜里醒来听到一种极其沉重而又敏速的声音，仿佛有一个极大的东西在那里旋转，连自己也旋转在里边了；长大起来就听人家告诉，说那就是地球运转的声音……这么一来，我就回到了多少年前去了：

那时候，我初入师范学校读书。我的家距学校所在的省城有一百余里，在陆上走，是紧紧的一天路程，如坐小河的板船，就是两天的行程，因为下了小船之后还要赶半天旱路。我们乡下人是不喜欢出门的，能去一次省城回来就已经是惊天动地的了。有人从省城回来了，村子里便有小孩子吹起泥巴小狗或橡皮小鸡的哨子来，这真是把整个村子都吹得快乐了起来。"××从省里买来的！"小孩子吹着哨子高兴地说着。我到了省城，每年可回家两次，那就是寒假和暑假。每当我要由学校回家的时候，我就觉得非常恼火，半年不回家，如今要回去了，我将要以什么去换得弟弟妹妹们的一点欢喜？我没有钱，我不能买任何礼物，甚至连一个小玩具也不能买。然而弟弟妹妹们是将以极大的欢喜来欢迎我的，然而我呢，我两手空空。临放假的几天，许多同学都忙着买东西，成包的，成盒的。成罐的，成筒的，来往地提在手上，重叠地堆在屋里的，有些人又买了新帽子戴在头上，有些人又买了新鞋子穿在脚上……然而我呢，我什么也没有。但当我整理行囊，向字纸篓中丢弃碎纸时，我却有了新的发现：是一大堆已经干得像河流石子一般的白馒头。我知道这些东西的来源。在师范学校读书的学生们吃着公费的口粮，因为是公费，不必自己花钱，就可以自己随意浪费。为了便于在自己寝室中随时充饥，或为了在寝室中以公费的馒头来配合自己特备的丰美菜肴，于是每饭之后，必须偷回一些新的馒头来，虽然训导先生一再查禁也是无用。日子既久，存蓄自多，临走之前，便都一丢了之。我极不喜欢这件事，让这些东西丢弃也于心不忍，于是便拣了较好的带在自己行囊中。自然，这种事情都是在别人看不见的时候作的，倘若被别人看见，人家一定要笑我的。真的，万一被别人看见了，我将何以自解呢？我将说"我要带回家去给我那从小以大豆高粱充塞饥肠的弟弟妹妹们作为礼物"吗？我不会这么说，因为这么说就更可笑了。然而我幸而也不曾被人看见，我想，假设不是我现在用文字把这件事供出来，我那些已经显达了的或尚未显达的同窗们是永不会知道这事的。我带了我的行囊去搭小河上的板船。然而一到了河上，我又有了新的发现：河岸上很多贝壳，这些贝壳大小不等，颜色各殊，白的最多，也有些是微带红色或绿色的。我喜欢极了。我很大胆地捡拾了一些，并且在清流中把贝壳上的污迹和藻痕都洗刷净尽，于是贝壳都变成空明净洁的了，晾干之后，也就都放在行囊里。我说是"大胆地"捡拾，是的，一点也不错，我还怕什么呢？贝壳是自然界的所有物，就如同在山野道旁摘一朵野花一样。谁还能管我呢，谁还能笑我呢？而且，不等人问，我就可以这么说：'捡起来给小孩玩的，我们那里去海太远。'这么说着，我就坐在船舷上，看两岸山色，听水声橹声，阳光照我，轻风吹我，我心里就快活了。但这样的事情也不是每次都有，有时候空手回家了，我那老祖母就会偷偷地对我说："哪怕你在村子外面买一个烧饼，就说是省城带来的，孩子们也就不这么失望了！"后来到了我上大学的时候，我的情形可以说比较好了一些，由手到口，我可以管顾我自己了，但为了路途太远，回家的机会也就更少。我的祖母去世了，家里不告诉我，我也就不曾回去送她老人家安葬。隔几年回家一次，弟弟妹妹也都长大了，这时候我自然可以买一点礼物带回来了，然而父亲母亲却又说："以后回家不要买什么东西。吃的，玩的，能当了什么呢？等你将来毕了业，能赚钱时再说吧！"是的，等将来再说吧，那就是等到了现在。现在，我明明知道你们在痛苦生活中滚来滚去，然而我却毫无办法。我那小妹妹出嫁了。但当故乡沦丧那一年她也就结束了她的无花无果的一生。我那小弟弟现在倒极强壮，他在故乡跑来跑去，仿佛在打游击。他隔几个月来一次信，但发信的地点总不一样。他最近的一封信上说："父亲虽然还健康，但总是老了，又因为近来家中负担太重，地里的粮食仅可糊口，捐税的款子无所出，就只有卖树，大树卖完了，再卖小树，……父亲有时心痛得糊糊涂涂的……"唉，心痛得糊糊涂涂的，又怎能不痛心呢？父亲从年轻时候就喜欢种树，凡宅边，道旁，田间，冢上，凡有空隙处都种满了树，杨树、柳树、槐树、桃树，凡可以作木材的，可以开花结果子的，他都种。父亲人老了，树木也都大了，有的成了林子了。大革命前我因为不小心在专制军阀手中遭了一次祸，父亲就用他多少棵大树把我赎了回来。现在敌人侵略我们了，父亲的树怕要保不住了，我只担心将来连大豆高粱也不再够吃。不过我那弟弟又怕我担心，于是总在信上说："不要紧，我总能使父亲喜欢，我不叫他太忧愁，因为我心

第二章
我们始终无法超越所有人

里总是充满了希望……"好吧,但愿能够如此。

灯光暗得厉害,我把油捻子向外提一下,于是屋子里又亮起来,我的心情也由暗淡而变得光明了些。我想完了上面那些事情,就又想起了另一件事,这却是今天早晨的事了,今天报载某某大资本家发表言论,他说他自己立下一个宏愿:将来抗战胜利之后他要捐出多少万万元,使全国各县份都有一个医院,以增进国民健康,复兴民族生命。抗战当然是要胜利的,我希望这位有钱的同胞不要存半点疑惑,你最好把你的钱就放在手边,等你一听说"抗战已经胜利了",你就可以立刻拿出来。但我却又想了,抗战胜利之后,我自己应当拿出点什么来贡献给国家呢?可是也不要忘记还有我自己的家,我也应当有点帮助。但我想来想去,我还是没有回答,我想,假设我有可以贡献的东西,哪怕是至微末的东西,哪怕只是一个贝壳或一块干粮,我还是现在就拿出来吧。

我又想到那个"女人与猫"的故事,因为警报时间走失了一只小猫,她就捉住"抗战"骂了一个痛快。

我又想起今天报上的消息:美日谈判之中总透露一些不好的气息,虽然罗邱连发宣言,而依然在想以殖民地为饵而谋其自身的利益,总不肯马上拿出力量来,危险仍然是我们这一方面的。我又想起今天午间我曾经把这话告诉那个"女人与猫"中的女人,并说:"罗斯福说世界战争须至一九四三年底才能结束。"她说:"说句汉奸言论吧,这个战我真抗够了!"仿佛这个"战"是她自己在"抗"着似的。

我想到这里不觉微笑了一下。我自然没有笑出声，因为夜太静了，我真怕弄出什么动静来。但使我吃了一惊的却是小岫的梦呓："爸爸，你给我……"她忽然这样喊了一句。我起来看了一下，她又睡熟了，脸上似乎带着微笑。她的母亲睡得更沉，她劳苦了一天，睡熟了，脸上也还是很辛苦的样子。我想起了那位日本作家所写的《小儿的睡相》："小儿的面颊，以健康和血气而鲜红。他的皮肤，没有为苦虑所刻成的一条皱纹。但在那不识不知的崇高的颜面全体之后，岂不就有可怕的黑暗的命运冷冷地，恶意地，窥伺着吗？"我不知道我的小孩在梦中向我要什么，我想假如你我都在梦中，那就好极了。在梦中，你什么都可以要；在梦中，我什么都可以大量地给。假如你明天早晨醒来，你一定又要问我："爸爸，过节啦，你送给我什么礼物呢？"那我就只好说："好吧，孩子，爸爸领你到绿草地里去摘红花，到河边上去拾花花石子吧。"

夜极静。但是我的心里又有点乱起来了，而且有渐渐烦躁起来的可能，推开要看的书，我也应该睡了。

第二章
我们始终无法超越所有人

自传难写 / 老舍

自古道：今儿个晚上脱了鞋，不知明日穿不穿；天有不测的风云啊！为留名千古，似应早早写下自传；自己不传，而等别人偏劳，谈何容易！以我自己说吧，眼看就快四十了，万一在最近的将来有个山高水远，还没写下自传，岂不是大大的一个缺憾？！

可是，说起来就有点难受。自传不难哪，自要有好材料。材料好办；"好材料"，哼，难！自传的头一章是不是应当叙说家庭族系等等？自然是。人由何处生，水从哪儿来，总得说个分明。依写传的惯例说，得略述五千年前的祖宗是纯粹"国种"，然后详道上三辈的官衔，功德，与著作。至少也得来个"清封大夫"的父亲，与"出自名门"的母亲。没有这么适合体裁的双亲，写出去岂不叫人笑掉门牙！您看，这一招儿就把咱撅个对头弯；咱没有这种父母，而且准知道五千年前的祖宗不见得比我高明。好意思大书特书"清封普罗大夫"，与"出自不名之门"吗？就是有这个勇气，也危险呀：普罗大夫之子共党耳，推出斩首，岂不糟了？！英雄不怕出身低，可也得先变成英雄啊。汉刘邦是小小的亭长，淮阴侯也讨过饭吃，可是人家都成了英雄，自然有人捧场喝彩。咱是不是英雄？对镜审查，不大像！

自传的头一章根本没着落。

再说第二章吧。这儿应说怎么降生：怎么在胎中多住了三个多月，怎么产房闹妖精，怎么天上落星星，怎么生下来啼声如豹，怎么左手拿着块现洋……我细问过母亲，这些事一概没有。母亲只说：生下来奶不足，常贴吃糕干——所以到如今还有时候一阵阵的发糊涂。

第二章又可以休矣。

第三章得说幼年入学的光景喽。"幼怀大志，寡言笑，囊萤刺股……"这多么好听！可是咱呢，不记得有过大志，而是见别人吃糖馅烧饼就馋得慌——到如今也没完全改掉。逃学的事倒不常干。而挨手板与罚跪说起来似乎并不光荣。第三章，即使勉强写出，也不体面。

没有前三章，只好由第四章写了，先不管有这样的书没有。这一章应写青春时期。更难下笔。假如专为泄气，又何必自传；当然得吹腾着点儿。事情就奇怪，想吹都吹不起来。人家牛顿先生看苹果落地就想起那么多典故来，我看见苹果落地——不，不等它落地就摘下来往嘴里送。青春时期如此，现在也没长进多少，不但没作过惊天动地的事，而且没有存过惊天动地的心。偶尔大喊一声，天并不惊；跺地两脚，地也不动。第四章又是糖心的炸弹，没响儿！

以下就不用说了,伤心!

自传呢,下世再说。好在马上为善,或者还不太晚,多积点阴功,下辈子咱也生在贵族之家,专是自传的第一章就能写八万字。气死无数小布尔乔亚。等着吧,这个事是急不得的。

这几个月的生活 / 老舍

    自去年七月中辞去教职,到如今已快八个月了。数月里,有的朋友还把信寄到学校去;有的就说我没有了影儿;有的说我已经到哪里哪里作着什么什么事……我不愿变成个谜,教大家猜着玩,所以写几句出来,一打两用:一来解疑,二来就手儿当作稿子。

    辞职后,一直住在青岛,压根儿就没动窝。青岛自秋至春都非常的安静,绝不像只在夏天来过的人所说的那么热闹。安静,所以适于写作,这就是我舍不得离开此地的原因。

    除了星期日或有点病的时候,我天天总写一点,有时少至几百字,有时多过三千;平均的算,每天可得二千来字。细水长流,架不住老写,日子一多,自有成绩,可是,从发表过的来看,似乎凑不上这个数儿,那是因为长稿即使写完,也不能一口气登出,每月只能发表一两段。还有写好又扔掉也是常有的事,所以有伤耗。

    地方安静,个人的生活也就有了规律。我每天差不多总是七点起床,梳洗过后便到院中去打拳,自一刻钟到半点钟,要看高兴不高兴。不过，即使高兴，也必打上一刻钟，求其不间断。遇上雨或雪，就在屋中练练小拳。

这种运动不一定比别种运动好，而且耍刀弄棒，大有义和拳上体的嫌疑。不过它的好处是方便：用不着去找伴儿，一个人随时随地都可以活动；独自打篮球，虽然胜利都是自己的，究竟不大有趣。再说，和大家一同打球，人家用多大的力气，自己也得陪着；不能一劲儿请求大家原谅。打拳呢，可长可短，可软可硬，由慢而速，亦可由速而慢，缺乏纪律，可是能够从心所欲不逾矩。它没有篮球足球那么激烈，可比纯徒手操活泼，练上几趟就多少能见点汗儿；背上微微见汗，脸色微红，最为舒服。只要有恒心，天天活动一会儿，必定有益。

打完拳，我便去浇花，喜花而不会养，只有天天浇水，以求不亏心。有的花不知好歹，水多就死；有的花，勉强的到时开几朵小花。不管它们怎样吧，反正我尽了责任。这么磨蹭十多分钟，才去吃早饭，看报。这差不多就快九点钟了。

吃过早饭，看看有应回答的信没有；若有，就先写信，溜一溜脑子；若没有，就试着写点文章。在这时候写文，不易成功，脑子总是东一头西一脚的乱闹哄。勉强的写一点，多数是得扔到纸篓去。不过，这么闹哄一阵，虽白纸上未落多少黑字，可是这一天所要写的，多少有了个谱儿，到下午便有辙可循，不至再拿起笔来发怔了。简直可以这么说，早半天的工作是抛自己的砖，以便引出自家的玉来。

十一时左右，外埠的报纸与信件来到，看报看信；也许有个朋友来谈一会儿，一早晨就这么无为而治的过去了。遇到天气特别晴美的时候，少不得就带小孩到公园去看猴，或到海边拾蛤壳。这得九点多就出发，十二时才能回来，我们是能将一里路当作十里走的；看见地上一颗特别亮的砂子，我们也能研究老大半天。

十二点吃午饭。吃完饭，我抢先去睡午觉，给孩子们示范。等孩子都决定去学我的好榜样，而闭上了眼，我便起来了；我只需一刻钟左右的休息，不必睡那伟大的觉。孩子睡了，我便可以安心拿起笔来写一阵。等到他们醒来，我就把墨水瓶盖好，一直到晚八点再打开。大概的说吧，写文的主要时间是午后两点到三点半，和晚上八点到九点半。这两个时间，我可以不受小孩们的欺侮。

九点半必定停止工作。按说，青岛的夜里最适于写文，因为各处静得连狗仿佛都懒得吠一声，可是，我不敢多写，身体钉不住；一咬牙，我便整夜的睡不好；若是早睡呢，我便能睡得像块木头，有人把我搬了走我也不知道，我可也不去睡的太早了，因为末一次的信是九点后才能送到，我得等着；还有呢，花猫每晚必出去活动，到九点后才回来，把猫收入。我才好锁上门。有时候躺下而睡不着，便读些书，直到困了为止。读书能引起倦意，写文可不能；读书是把别人的思想装入自己的脑子里，写文是把自己的思想挤出来，这两样不是一回事，写文更累得慌。

星期六下午和星期日整天，该热闹了。看朋友，约吃饭，理发，偶尔也看看电影，都在这两天。一到星期一，便又安静起来，

第二章
我们始终无法超越所有人

鸦雀无声，除了和孩子们说废话，几乎连唇齿舌喉都没有了用处似的。说真的，青岛确是过于安静了。可是，只要熬过一两个月，习惯了，可也就舍不得它了。

按说，我既爱安静，而又能在这极安静的地方写点东西，岂不是很抖的事吗？唉！（必得先叹一口气！）都好哇，就是写文章吃不了饭啊！

我的身体不算很强，多写字总不能算是对我有益处的事。但是，我不在乎，多活几年，少活几年，有什么关系呢？死，我不怕；死不了而天天吃个半饱，远不如死了呢。我爱写作，可就是得挨饿，怎办呢？连版税带稿费，一共还不抵教书的收入的一半，而青岛的生活程度又是那么高，买葱要论一分钱的，坐车起码是一毛钱！怎样活下去呢？

常常接到青年朋友们的著作，教我给看，改；如有可能，给介绍到各杂志上去。每接到一份，我就要落泪，我没有工夫给详细的改，但是总抓着工夫给看一遍，尽我所能见到的给批注一下，客气的给寄回去。有好一点的呢，我当然找个相当的刊物，给介绍一下；选用与否，我不能管，尽到我的心算了。这点义务工作，不算什么；我要落泪，因为这些青年们都是想要指着投稿吃饭的呀！——这里没有饭吃！

干什么不是以力气挣钱呢，卖文章也是自食其力，不是什么坏事。不过，干这一行，第一是大有害于健康；老爬在桌上写，老思索，老憋闷得慌；有几个文人不害肺病呢？第二是卖了力气，拼了命，结果还卖不出钱来。越穷便越牢骚，越自苦，越咬牙，不久，怎样？不幸短命死矣！穷而后工，咱没见过；穷而后死，比比皆是。但分能干别的去，不要往这里走，此路不通！

为艺术而牺牲哟，不怕哟！好，这要不是你爸爸有钱，便是你不想活着。不想活着，找死还不容易，何必单找这条道儿？这么死，连死都不能痛痛快快的。到前线上去，哪一个枪弹不比钢笔头儿脆快呢？

我爱说实话，实话本不能悦耳；信不信由你吧，我算干够了。只有一条路可以使我继续下去这种生活，得航空奖券的头奖。不过，梦上加梦，也许有一天会疯了的。

命相家 / 夏丏尊

我因事至南京,住在××饭店。二楼楼梯旁某号房间里,寓着一位命相家。房门是照例关着,这位命相家叫什么名字,房门上挂着的那块玻璃框子的招牌上写着什么,我虽在出去回来的时候必须经过那门前,却未曾加以注意。

有一天傍晚,我从外边回来,刚走完楼梯,见有一个着洋服的青年方从命相家房中走出,房门半开,命相家立在门内点头相送叫"再会"!

那声音很耳熟,急把脚立住了看那命相家,不料就是十年前的同事刘子岐。

"呀!子岐!"我不禁叫了出来。

"呀!久违了。你也住在这里吗?"他吃了一惊,把门开大了让我进去。我重新去看门口的招牌,见上面写着"青田刘知机星命谈相"等等的文字。

"哦!刘子岐一变而为刘知机。十年不见,不料得了道了,究竟是怎么一回事？"我急忙问。

"说来话长。要吃饭，没有法子。你仍在写东西吗？教师是也好久不做了吧。真难得，会在这里碰到。不瞒你说，我吃这碗饭已有七八年了，自从那年和你一同离开××中学以后，就飘泊了好几处地方，这里一学期，那里一学期，不得安定，也曾挂了斜皮带革过命，可是终于生活不过去。你知道，我原是一只三脚猫，以后就以卖卜混饭了。最初在上海挂牌，住了四五年，前年才到南京来。"

"在上海住过四五年？为什么我一向不曾碰到你？上海的朋友之中也没有人谈及呢？"我问。

"我改了名字，大家当然无从知道了。朋友们又是一向都不信命相的，我吃了这口江湖饭，也无颜去找他们，如果今天你不碰巧看到我，你会知道刘知机就是我吗？"

我有许多事情想问，不知从何说起。忽然门开了，进来的是二位顾客。一个是戴呢穿长袍的，一个是着中山装的，年纪都未满三十岁。刘子岐——刘知机丢开了我，满面春风地立起身来迎上前去，俨然是十足的江湖派。我不便再坐，就把房间号数告诉了他，约他畅谈。回到了自己的房间里。

十年前的中学教师，居然会卖卜？顾客居然不少，而且大都是青年知识阶级中人。感慨与疑问乱云似的在我胸中纷纷垒起。等了许久，刘知机老是不来，叫茶房去问，回说房中尚有好几个顾客，空了就来。

"对不起！一直到此刻才空。"刘知机来已是黄昏时候了。

"难得碰面，大家出去叙叙。"

在秦河畔某酒家中觅了一个僻静的座位。大家把酒畅谈。

"生意似很不错呢。"我打动他说。

"呃，这几天是特别的。第一种原因，听说有几个部长要更动了，部长更动，人员也当然有变动。你看，××饭店不是客人很挤吗？第二种原因，暑假快到了，各大学的毕业生都要谋出路，所以我们的生意特别好。"

"命相学当真可凭吗？"

"当然不能说一定可凭。不过在现今这样的社会上，命相之说，尚不能说全不足信。你想，一个机关中，当科长的，能力是否一定胜过科员？当次长的，能力是否一定不如部长？举一例说，我们从前的朋友之中，李××已成了主席了。王××学力人品，平心而论，远过于他，革命的功绩也不比他差，可是至今还不过一个××部的秘书。还有，一班毕业生数十人之中，有的成绩并不出色，倒有出路，有的成绩很好，却无人问。这种情形除了命相以外，该用什么方法去说明呢？有人说，现今吃饭全靠八行书。这在我们命相学上就叫'遇贵人'。又有人挖苦现在贵人们的亲亲相阿，说是生殖器的联系。这简直是穷通由于先天，证明'命'的的确确是有的了。"刘知机玩世不恭地说。

"这样说来，你们的职业实实在在有着社会的基础的。哈哈。"

"到了总理的考试制度真正实行了以后，命相也许不能再成为职业，至于现在，有需要，有供给，仍是堂堂皇皇的吃饭职业。命相家的身份决不比教师低下，我预备把这碗江湖饭吃下去哩。"

"你的营业项目有几种？"

"命，相，风水，合婚择日，什么都干。风水与合婚择日近来已不行了。风水的目的是想使福泽及于子孙。现今一般人的心理，顾自身顾目前都来不及，哪有余闲顾到几十年几百年后的事呢？至于合婚择日，生意也清。摩登青年男女间盛行恋爱同居，婚也不必'合'，日也无须'择'了。只有命相两项，现在仍有生意。因为大家都在急迫地要求出路，寻机会，出路与机会的条件，不一定是资格与能力，实际全靠碰运气。任凭大家口口声声喊'打破迷信'，到了无聊之极的时候，也会瞒了人花几块钱来请教我们。在上海，顾客大半是商人，他们所问的是财气。在南京，顾客大半是'同志'与学校毕业生，他们所问的是官运。老实说，都无非为了要吃饭。唯其大家要想吃饭，我们也就有饭可吃了。哈哈……"刘知机滔滔地说，酒已半醺了，自负之外又带感慨。

"你对于这些可怜的顾客，怎样对付他们？有什么有益的指导呢？"

"还不是靠江湖上的老调来敷衍！我只是依照古书，书上怎么说，就怎么说。准不准连我自己也不知道。好在顾客也并不打紧，他们到我这里来，等于出钱去买香槟票，着了原高兴，不着也不至于跳河上吊的。我对他说'就快交运''向西北方走''将来官至部长'，是给他一种希望。人没有希望，活着很是苦痛，现社会到处使人绝望，要找到希望。恐怕只有到我们这里来，花一二块钱来买一个希望，虽然不一定准确可靠，究竟比没有希望好。在这一点上，我们命相家敢自任为救苦救难的希望之神。至少在像现在的中国社会可以这样说。"话愈说愈痛切，神情也愈激昂了。

　　他的话既诙谐又刺激，我听了只是和他相对苦笑，对了这别有怀抱的伤心人，不知再提出什么话题好。彼此都已有八九分醉意了。

文牛 / 老舍

  干哪一行的总抱怨哪一行不好。在这个年月能在银行里，大小有个事儿，总该满意了，可是我的在银行作事的朋友们，当和我闲谈起来，没有一个不觉得怪委屈的。真的，我几乎没有见过一个满意、夸赞他的职业的。我想，世界上也许有几位满意于他们的职业的人，而这几位人必定是英雄好汉。拿破仑、牛顿、爱因司坦、罗斯福，大概都不抱怨他们的行业"没意思"。虽然不自居拿破仑与牛顿，我自己可是一向满意我的职业。我的职业多么自由啊！我用不着天天按时候上课或上公事房，我不必等七天才到星期日；只要我愿意，我可连着有一个星期的星期日！

  我的资本很小，纸笔墨砚而已。我的生活可以按照自己的意思安排，白天睡，夜里醒着也好，昼夜都不睡也可以；一日三餐也好，八餐也好！反正我是在我自己的屋里操作，别人也不能敲门进来，禁止我把脚放在桌子上。专凭这一点自由，我就不能不满意我的职业。况且，写得好吧歹吧，大致都能卖出去，喝粥不成问题，倒也逍遥自在；虽然因此而把妒忌我的先生们鼻子气歪，我也没法子代他们去搬正！

可是，在近几个月来，也不知怎么我也失去了自信，而时时不满意我的职业了。这是吉是凶，且不去管，我只觉得"不大是味儿"！心里很不好过！

我的职业是"写"。只要能写，就万事亨通，可是，近来我写不上来了！问题严重得很，我不晓得生了娃娃而没有奶的母亲怎样痛苦，我可是晓得我比她还更痛苦。没有奶，她可以雇乳娘，或买代乳粉，我没有这些便利。写不出就是写不出，找不到代替品与代替的人。

天天能写一点，确实能觉得很自由自在，赶到了一点也写不出的时节呀，哈哈，你便变成世界上最痛苦的人！你的自由，闲在，正是对你的刑罚；你一分钟一分钟无结果的度过，也就每一分钟都如坐针毡！你不但失去工作与报酬，你简直失去了你自己！

一夏天除了阴雨，我的卧室兼客厅兼饭厅兼浴室兼书房的书房，热得老像一只大火炉。夜间一点钟以后，我才能勉强的进去睡。睡不到四个小时，我就必须起来，好乘早凉儿工作一会儿；一过午，屋内即又成烤炉。一夏天，我没有睡足。睡不足，写的也就不多，一拿笔就觉得困啊。我很着急，但是想不出办法，缙云山上必定凉快，谁去得起呢！

入秋，我本想要"好好"的工作一番，可是天又霉，纸烟的价钱好像疯了似的往上涨。只好戒烟。我曾经声明过："先上吊，后戒烟！"以示至死不戒烟的决心。现在，自己打了嘴巴。最坏的烟卖到一百元一包（二十枝：我一天须吸三十枝），我没法不先戒烟，以延缓上吊之期了；人都惜命呀！没有烟，我只会流汗，一个字也写不出！戒烟就是自己跟自己摔跤，我怎能写字呢？半个月，没写出一个字！

烟瘾稍杀，又打摆子，本来贫血，摆子使血更贫。于是，头又昏起来。不留神，猛一抬头，或猛一低头，眼前就黑那么一下，老使人有"又要停电"之感，每天早上，总盼着头不大昏，幸而真的比较清爽，我就赶快的高高兴兴去研墨，期望今天一下子能写出两三千字来。墨研好了，笔也拿在手中，也不知怎么的，头中轰的一下，生命成了空白，什么也没有了，除了一点轻微的嗡嗡的响声。这一阵好容易过去了，脑中开始抽着疼，心中烦躁得要狂喊几声！只好把笔放下——文人缴械！一天如此，两天如此，忍心的、耐性的、敷衍自己：“明天会好些的！”第三天还是如此，我开始觉得：“我完了！”放下笔，我不会干别的！是的，我晓得我应当休息，并且应当吃点补血的东西——豆腐、猪肝、猪脑、菠菜、红萝卜等。但是，这年月谁休息得起呢？紧写慢写还写不出香烟钱怎敢休息呢？至于补品，猪肝岂是好惹的东西，而豆腐又一见双眉紧皱，就是菠菜也不便宜啊！如此说来，理应赶快服点药，使身体从速好起来。可是西药贵如金，而中药又无特效。怎办呢？到了这般地步，我不能不后悔当初为什么单单选择这一门职业了！唱须生的倒了嗓子，唱花旦的损了面容，大概都会明白我的苦痛：这苦痛是来自希望与失望的相触，天天希望，天天失望，而生命就那么一天天的白白的摆过去，摆向绝望与毁灭！

最痛苦是接到朋友征稿的函信的时节。

朋友不仅拿你当作个友人，而且是认为你是会写点什么的人。可是，你须向友人们道歉；你还是你，你也已经不是你——你已不能够作了！

吃的是草，挤出的是牛奶；可是，文人的身体并不和牛一样壮，怎办呢？

青年朋友们，假使你没有变成一头牛的把握，请不要干我这一行事吧；当你写不出字来的时候，你比谁的苦痛都更大！我是永不怨天尤人的人，今天我只后悔自己选错了职业——完全是我自己的事，与别人毫不相干。我后悔作了写家的正如我后悔"没"作生意，或税吏一样；假若我起初就作着囤积居奇，与暗中拿钱的事，我现在岂不正兴高采烈的自庆前程远大么？啊，青年朋友们，尽使你健壮如牛，也还要细想一想再决定吧，即在此处，牛恐怕是永远没有希望的动物，管你，和我一样的，不怨天尤人。

谢落 / 李广田

朱老太太常嚷着要回家去。

"回家去！"哪里是她的家呢？这在她的儿子们听起来是颇不愉快的，只有她的大儿子是例外，因为他根本就听不到这三个字。

实在说来，她现在已经是一个无家可归的老怪物了。她已经活过了她的九十岁，她曾经以六十年的辛苦来创造一个家庭，来维系一个家庭，并使一个家庭能日向繁荣，而结果是使她的儿子们都分得一份丰裕的家私。然而她自己呢，她自己却没有一个家了。半年以前，她还可以算是一个家庭的中心，或者说是一个家庭的主人，就如一个村子里有一座神庙，虽然那庙里的偶像并不能管理任何人事，然而全村的人民还得应时供奉，并且作起事来还得尊重神的意思。但是现在呢，据外人的说法，以为她现在也还是一位神佛，这家请她，那家请她，她再不必劳心管任何事情。而在她自己想来，她自己却变作了一盘"厌恶的点心"，这家端来，那家端去，端来端去，处处讨人厌恶。不过在她各个儿子家里，她却也有所选择：

二儿子家里有三个孙孙,两个孙女,而二儿自己又是一个极端自私的人,他只顾得疼爱儿女,却忘记了孝敬母亲,朱老太太是早已料到这种情形的。三儿子性情十分暴躁,又命里注定娶一个泼悍的媳妇,在这样的儿媳面前,朱老太太自然受不到什么好的待承。四儿子最年轻,并且曾经受过朱老太太的溺爱、娇养,然而他放荡成性,终日长在赌博场里,茶酒馆里,他没有一点余裕的精神分派到他的母亲身上。只有大儿子——这曾经是朱老太太最不喜爱的一个儿子,因为他最先把持了一家的财产权,也就是代替她作了一家的中心的,虽然作母亲的也认为这是应当的事,然而私心眼里也难免有些丧失权柄的悲哀——然而,现在却只有这一个儿子,还能赢得朱老太太的欢心。她说她的大儿子家两口儿倒还有人心眼儿,能知道她的寒暖,也知道她的口味,她说她在她大儿子家里永不曾听到过尖酸刻薄的话儿,也听不到敲桌子摔板凳的声音,而这些,都是在其他三个儿子家所万难办到的。在她的四个儿子分家之后,她轮流着在四个儿子家转来转去,她可以说是有四个家,而事实上她也可以说是没有家了。原定的规矩,是每个儿子供养她十天,然而有时候等不到十天她就走开,因为她在一个地方已经住厌烦了,在她心里说,就是受人家的虐待已经够了,便喊着:"我要走了,我要回家去了。"这所谓家,就是她大儿子的家。因为她喜欢她的大儿子,她觉得她大儿的家还可以算是她的家,而且她大儿子家所住的房子还是她自从作新媳妇时住下来的房子,那里有她一生的事业,也就有她一生的欢乐与悲哀。所以每次轮到大儿家里,她就自然而然地多住几日,若在其他三个儿子家里,大概不到十天就要走开了。

　　凡作父母的,总不乐意看见自己的儿子们有分崩离析的一天吧。作父亲的将近中年就去世了,作母亲的受了一世辛苦,到头来却落得个无家可归,这实在是朱老太太所万难料到的。这在一般世人论起来,总说这都是命里注定,然而朱老太太是顶不佩服命运的。她不同其他女人一样,她不吃斋,也不念佛,她在一切事情上绝少求助于天地神灵,而惟凭她自己的力量,她是最喜信赖自己的良心和天性的一个女人。她还愿意大睁着两只老眼看完一切,看完她自己扮演的这一出好戏,直等她的生命完结为止,她也愿意把她的儿子们所演的各种脚色看到最后。然而命运偏偏要同她作对,命运把她烛照一切的两盏明灯给吹灭了,她眼前的世界完全给闭了幕,却只给她留下了无边的黑暗。她不能再监视什么了,她的儿子们也不再观察她脸上的阴晴而有所顾忌了,他们拆散开来,各不相干,仿佛原先他们也并非一家。

　　朱老太太永不能忘记那一个奇怪日子,她的儿子们也不会忘记,她的邻人们也不会忘记,而且这已是邻人们的闲话资料了。

　　是一个晴朗的日子,午后三点钟左右,太阳正豁朗地照着朱老太太的房间。朱老太太正趺坐在她的床沿上,闭了眼睛,仿佛在那里温习她的古老的记忆。她的小孙孙们还正在她的面前嬉闹着,作着种种游戏。他们的嬉笑声是几乎完全传不到她的耳里的,因为她的听觉是早就失去作用了。这几年来,她是完全凭了她的尚不甚衰

第二章
我们始终无法超越所有人

的视觉来督察一切的,她自幸她还有这么一双眼睛。然而奇怪,这天下午她觉得有些异样了。她觉得这一日的时间进行得太快,午饭之后,不久就来到了黄昏,而且立刻就变成了暗夜,简直可以说完全是忽然地,夜色忽然把她包围了起来,她用手向各处摸索,她的手触到种种东西,然而她看不见它们,她只能凭着她的记忆——这可以说是最新鲜的记忆了——来断定她所触到的是什么东西。她感到疑惑,又感到恐惧,仿佛是在梦中遭到了仇人的暗害一样。她立刻就想到"死",想到坟墓,想到关于死后的一切,这是她常常想到的,却也是她最不甘心的。她虽然已经活过这大年纪了,她却还不愿意这么早就死去。她觉得"死"这一个字对于她就是一种顶无情的嘲弄,平常日子,只要偶尔听到别人提起一个"死"字,无论是说的任何不相干的人的死,甚至草木的或虫鱼的死时,她就疑心那是有人在诅咒她死了。这时候她一定非常恼怒,她甚至为表示反抗起见,她硬着狠心不再吃饭,意思是说"我死给你们看",虽然她心里还在说"我偏不死"。但这一次的奇异变化却比一切诅咒更为可怕,比一场急性的疾病之来临还更使她痛苦。她就这次变化的真实性反复地仔细思忖着,等她明白了她从今以后再不能看见什么东西时,她痛苦地叫道:"天啊,我这算完了!"她慌乱一阵,又沉默一阵,沉默一阵,复又慌乱起来。最后,她才竭力地镇静着喊道:

"唉,你们都在哪儿?你们为什么都不理我?天已经完全黑下来了,为什么还不送晚饭来?我已经饿得难耐了。"

太阳还正在西边的树梢上照耀着,她却喊着天已晚了;吃过午饭之后还不过两点多钟,她却又喊着要晚饭。在她面前游戏着的孩子们还不懂得这个老妈妈是遇到了什么奇怪事情,但只看了她那种失常的样子,就都吓得跑出去了。代替了孩子们而跑进来的,是朱老太太的儿子和媳妇,他们也不知道这屋里发生了什么事情,只是被几个孩子的惊慌所招集了来的。他们来到之后都觉得奇怪,奇怪的是这屋里并不曾发生什么变故。这时候就有人把嘴靠在朱老太太的耳畔问道:

"母亲,你曾经呼唤过我们吗?你需要什么东西吗?"

于是朱老太太以疑惑而恼怒的态度答道:

"问我要什么东西?我要什么呀?你看天色这么晚了,为什么还不开晚饭来?不是已经入夜的样子了吗?"

说完之后,又显出极其烦躁的样子。

他们听了朱老太太的话,都觉得有些要笑出来的意思,他们同时却仰起头来看外面的太阳,然后又面面相觑。他们都暗暗想道:她大概是老得糊涂了,老年人是常常说些糊涂话的,如小孩们的爱说谎话一样,他们以为他们的母亲是睁着眼睛说糊涂话了。他们又想:这个老年人实在已经老到极限了,于是也联想到一个老年人所应有的将要来到的终结。他们都不愿意给她的糊涂话下一番订正,也就是说他们不肯说出辩驳的话来,因为他们知道辩驳是无益的,而且有时可以惹起老年人的恼怒。他们之中就又有人凑到她的面前说道:

"是的，母亲，天已经晚了，一会的工夫就开出晚饭来。"

又有人更为体贴地说道：

"母亲，你大概是渴了，就先给你送一杯茶来吧。"

当有人把茶端来之后，他们才起始明白确实是有什么变故发生在这位老人身上。他们把茶放在她面前的茶几上，她却不能自己伸手去取，她依然向人问道："茶呢？茶呢？"当他们把茶杯放在她手上时，她又不能很正确地把茶杯接受，于是奉茶人必须把茶杯很切实地放在她的掌握里。当她饮过一两口之后，她要把茶杯放回茶几上，这才更证明她所遭遇到的不幸：她先用另一只手向茶几上小心摸索，然后才把茶杯送出，如不是有人赶快把茶杯接过，那只茶杯恐不易放得牢稳，最少也要把茶水倾泼。他们这才恍然大悟，他们知道"时光"把这个老年人的"光明"给带走了。

"母亲，你觉得你的眼睛怎么样？"

"我的眼睛？"她猛然地回答，"我的眼睛好好的呀，你们为什么问我的眼睛呢？"

他们用一只手在她面前不断地摇晃，她的眼睛并没有什么反应，那分明是什么也看不见的。他们既已经明白了，也就觉得放了心，同时他们的心里也难免有忧郁的来袭。他们愿意遵从这个老人的意思，愿意使这个老人安静，于是不久便送了晚饭来。老年人摸索着把晚饭用完之后，他们又劝慰她请她早睡。她睡下之后，他们才迎着夕阳的斜照退出了朱老太太的房间。

到得次日早晨，太阳又豁朗地从东天上照来。有人照料着朱老

太太在摸索中梳洗过并用过早饭之后,她的儿子们就又来试探那两只失明的眼睛。有人又紧凑在她的耳畔问道:

"母亲,现在是早晨八点半,而且天气是很晴朗的,太阳高高地照着。"

他们很自然地觉得有把天气和时间说明之必要,于是这样说明之后才继续问道:

"母亲,你觉得你的眼睛怎么样呢?你看得见什么吗?"

出乎他们意料之外的,老太太的答案是:

"是的,我的眼睛很好,我什么都看见。"

为了故意证明她能看见目前的一切起见,她还说出了许多眼前的事物,她说某个人不是坐着的吗,某人不是立着的吗,而且某人的脸上为什么有不高兴的颜色。她还说,据她看,墙上挂的画幅是要坠裂下来了,而衣橱的门为什么就不曾有人替她关好。当然,她所说的并不是没有错误。

这时候他们才更觉得莫可如何。最初他们认为她是说糊涂话的,像其他一些老年人一样本无什么惊异,嗣后才知道她并不糊涂,实在是因为失明的缘故才说白昼是黑夜,然而既已证明她是失明了,她却绝不承认,她还说她看见一切。他们就断定她是既失明而又糊涂的了。虽然他们断定也许只是对了一半。

朱老太太的日子就这样继续下去,她在盲目中却不承认自己过的是盲目生活。她又常常把她眼前所"见"的事物逐一向人告诉。日子愈久,她也就愈变得离奇起来。有时她说她隔着窗子可以看见

第二章
我们始终无法超越所有人

大街上有人骑驴走过,而且她还能说出那个人的名字,以及那个人的衣冠。有时她甚至说她能看见野外,说某个地方有大车经过,说某个地方有溪水流行,或某处道旁有野花开谢。她能看见别人所能看见的一切,而别人所看不见的她也能看见。她周围的人们也就只得承认她所说的话,并答应她,说她的眼睛是很好的,她看过的事物都是很正确的,他们也都看得见。然而可怜——她能看见远处的事物,她却不能看见她家中每座屋顶下的事物;她能看见她梦中人物的动作,她却看不见现实中人物的动作,她更看不见他们的心意。自从朱老太太失明,一直在一段颇称不短的日月中,她的儿子们,她的儿媳们,却正在那里起着一种自然的变化。仿佛这位朱老太太——这个维系着一家人的母亲——她的"光明"失去之后,便没有方法可以再烛照这家庭中的黑暗角落,那些角落里的黑暗便逐渐扩大起来,以致笼罩了整个的家庭,这个家庭中的分子便都逐渐游离,而且均被一种颇强的离心力所牵引,结果就是分家度日,各不相顾。假如这时候朱老太太就与世长辞,也许倒还好些吧,然而她还活下去,她过着定期迁徙的日子,她由四个家庭轮流供养,轮来轮去,像一个接班值日的老奴婢。

她成了一个没有家的老可怜虫,"我要回家去了。"人便知道她是要回到她的大儿子家去。只有在那里她还有"家"的感觉,而且可以使她重温旧日的好梦,她一生的事业还可以在那个家中反映余光。隔过十天工夫,她便被人扶着,或被人牵着,从这一个儿子的家,走向另一个儿子的家。就像算命的老巫婆,被人家牵来牵去一样。她虽然始终说她能够看见一切,她能够看见她应走的道路,看见道路上的车马人物,然而她还是必须有人牵着,或有人扶着,不然,她大概早已被碰死或摔死在道路上了。

　　朱老太太在这种情形中继续生活下去,一切都好像变作当然的了。她对于她这份生活,是感觉痛苦的吗,还是习以为常而毫无所觉的呢?这没有人能说,也没有人肯说。朱老太太自己是并不说什么的,她的儿子们也不说,她的邻人们也不说,虽然朱老太太自己的心里是逐渐变化着。到得朱老太太将近离开这个世界时,她变得更奇怪起来了,她爱笑,她时常无端地发笑。她的笑声很枯燥,没有表情,仿佛是一架破损的机器,因不自然的摩擦而发出的声音。人们听了这种笑声都感到不快,又仿佛觉得这是一种不祥的警告。人们都不懂得朱老太太发笑的道理。笑是用以表示快乐的,平常人用眼泪来表示痛苦。然而当人们最快乐的时候也会落下泪来,那么朱老太太的发笑也许正与快乐的落泪是一样的道理吧。人家只当她是老了,老得太老了,所以才有这种反常的事情。是的,她是太老了,她已经老得透熟透熟的了,人们听了她的干笑,就会立刻忘记那是一种声音,而会即时在眼前浮出一种很清楚的意象:那是一棵古老的花树,并且还可以指明那是一棵梨树,那梨树开了满树的白花,开到春尽,好像也并不必经风经雨,一树梨花便自己接连不断地落下来了,当朱老太太呼吸她的最后一口气时,她还在笑着,那就是一树梨花的最后一瓣。

北风里 / 胡也频

纸窗上沙沙沙沙的响,照经验,这是又刮风了。

这风是从昨夜里刮起的,我仿佛知道。刮起风来,天气又变了。我刚刚露出头去,就觉得有一种冰凉的东西,湿湿的贴到脸上来;棉被里面是暖和得多了。

"这样的天气,怕要冻死人呢!"我想,便缩下头去。

在平日,我有一种习惯,是醒来就穿衣,就下床,然后看报的。这时却异样了,拢紧一下周身的棉被,让整个身体在小小区域的温暖中,多挨一会儿;而这挨,在这样天气奇冷的北风哮叫时候,可算是一种幸福罢。

因为挂念着自己的文章被登载了没有,想看一看《太阳报》的副刊,便又露出头来,喊伙计……可是赶紧的就把这声音拉住了,这是忽然想到,欠了送报的两个月报费,前天的报就给停送了。

没有报看,眼睛便往别处去溜,却发现那墙上的一个小窟窿,圆圆的,忽露出一个尖形的小小的嘴,那嘴上,又闪出两小点黑色的光。

"哈哈，这原来就是它们的窠！"我想到无论在白天或灯光底下，无意中常常见到的那些黑毛柔软的小动物，胆怯地四顾，悄悄地走，张着弱小却伶俐的眼，游行在我的书架和桌上，就是躲藏在这个小窟窿里的。

于是又照样，一个两个，连续地出来了，最后的那个是更小而更机灵的；它们是彼此观顾，把翘起的长须去表示本能的作用，大家贼似的，慢慢地走，成为一个极安静的又滑稽又可怜爱的小小的行列。

发现着这些耗子，这独寝的客舍，便显得更寂寞。

"该剩一个馒头来……"我想；然而因怕冷，我的头又缩到被里去了。

一小群的耗子也许还在觅食而游行，而终于感到失望吧，但我不去想这事了。我这时填满在心头的，依旧又是那天气的冷。

天气冷，冷极了，可以生起大的火炉来，凭那火，熊熊的，把房子里面变成了春末天气，人只要穿夹衣，——这样地过着冬，冬天似乎也并不可怕了，我想。

然而我忽然觉得，从上海晨曦书店寄来的稿费，用到昨天，所剩在衣袋里的只是两张（或三张）二十枚的铜子票，和几个铜子了，火炉虽然可由公寓里按月租价一元的代安下来，但是煤，这煤的来处却难了。煤，至少要买二十五斤吧，倘若一百斤是九毛，也得两毛又十枚，而这数目我就无法凑足了，而且——生火还得要劈柴呢。

常常被两三毛钱所困住，这真可恼。但这穷，虽说可恼，却因

第二章
我们始终无法超越所有人

为是常事,随着也就爽然了。且觉得在这个时代里,炮火是人心追逐或欣慕的宝贝,一个著作者被人漠视,正是应该的。其实,即有了那么太平的时候,在一切都比别个民族沉寂和冷淡的国度里,著作者能得到什么人都应得的两种生活的享受,也不见得。

"那么,你改途好了!"我又向自己嘲笑。

改途,这或者能攫得较好的生活,并且要远离艰苦,似乎也只有这改途的一端了。但是我,虽说曾常常对于著作者生涯的惨澹而生过强烈的反抗,而转到悲观去,却究竟是生平的嗜好,无法革掉了。由是,那所遭遇的穷况,不正是分所应得的么?

然而事实到底是事实,每因穷,把一切的愤怒都归到稿纸上去,而且扯碎了,团掉,丢到滥纸篓里,是常事。

可是,要生活,终须靠住那稿纸填上蓝色或黑色的字去换钱的;因而在许多时候,稿纸变成生命似的顶可爱的东西,而且对于那些扯碎的又生起很歉仄的惭愧了。

"如果命运有分做幸与不幸,那么,像这样生活的著作者,便是属于那不幸的!"我常常想。

今天因为没有钱买煤,我所想的又是这些事。

开头想这些事的时候,是苦恼,而且带点愤愤的,到最后,这恶劣的情绪却安静了,于是我又平心地向事实去着想:

躺在被窝里,温暖固然是温暖了,而想就这样的尽挨下去,不吃饭,不看书,也不写文章,这究竟是不很妥当的事,因为天气既然骤冷起来,说不定是延长的更冷下去了。那么,火是必须生,煤也就应当买,是无疑的。

"那只有这办法!……"我想,决定了,便露出头来,并且把整个的身体离开那小小的温暖的世界,下床去了。

风还在窗外乱叫,可怜爱的小动物的行列却不见了,但在房子里,是依样充满着冷气和寂寞。

我从床下拖出一只旧的黑色的木箱来,轻飘飘的,而这感触,猛然就使我惘然了。我知道,在这箱里面,所余剩的,只是一件烂了袖口和脱了钮子的竹布长衫,和两三条旧的或破裆的短褂裤,以及几双通底的麻纱袜子,还有的,那就是空气了。

我无力地把箱盖盖下来,眼光从这满了灰尘的木箱上面,迟缓地望到墙上去:那里是一张放大的雪莱的像,在下面,偏左些便是那个颇深的圆圆的鼠穴。

"这洞,这样圆,和洋钱差不多……"

眼光从这窟窿上转移到别处去,全是黯澹的纸糊的壁。

我踌躇了。对于这唯一的计划的失败,是出乎意外的;但这时,既下了床,又不愿再滚进被窝去。那自然要想出一个法子。

在这种的情形底下,最方便的,自然是抽出屉子来,或伸手到衣袋里,忽然发现到在什么时候忘却的一张钞票或一块洋钱,——然而这无望。其次呢,就是向附近的朋友处去拿,而这,又艰难,因为较阔的像官僚气派的朋友是从来没有,就少爷模样的朋友也难得,而光棍的朋友其情形当不会两样,或许是更窘了。又其次,是想来一个恩人似的不速之客,这却是,类乎很滑稽的可笑的梦了,更难实现的。

各种从模糊思想中出来的希望全无用,这使我更费踌躇了。

眼睛又不自主地向四处去溜,慢慢地就光顾到单薄的那两条棉被和一只丁玲君送给我的鸭绒枕头。

"那只有这办法……"我又想。

这枕头买来是花八元钱,要是当,两元至少一元总可以吧,可是当铺的先生们不要这东西;棉被在冬天里放到当铺的柜台上,这差不多是奇货,是很可以抬价的,但一想,这样的冷天,到夜深时,一个不是粗壮的身体只盖着一床棉被,而且是又旧又仄,单薄的,倘因此受了凉,病了,不是更坏的事吗?

在眼睛里是绝望的光,却转动了,于是又看见那清秀的诗人雪莱的像,以及那个像洋钱形状的鼠穴。

这时有一种稀罕的感觉通过我的脑,我心想,却笑起来,但接着就黯然了,——是想把这诗人的遗像去解决我的难题!

诗人的像在放大时是花了四元,镶在一个价值二元的一只木框上,从数目算来,共是六元钱,那么,变卖了,至少总可以得一半的价,是三元。我想。

然而我的心,立刻就浮上罪恶似的,非常的惭愧了。但在我的眼睛里,年轻的诗人,依样是英俊的,且带着女性的美,静默着。

一阵更大的风把纸窗打得急促的响,我便抖了一下。

"真无法……"

于是我跳上桌子,从墙上,拔出一寸多长的铁钉,连着很长的白色棉纱绳，把雪莱的像拿下来了；在手上，木框是冰块一般的冷。

抹去了玻璃上的灰尘，很歉仄的挟着诗人的像，出去了。

北河沿的浅水已冻成坚实的冰。柳树脱去了余留的残叶，剩着赤裸的灰色的枝，像无数鞭条，受风的指挥向空中乱打。很远处都不见一只鸟儿。昏浊的土灰从地上结群的飞起，杂着许多烂纸碎片，在人家的门前和屋上盘旋。行人都低着头，翘着屁股，弯着腰，掩着脸，在挣扎模样的困难的迈步。洋车夫抖抖地扶着车把，现出忧郁和彷徨的神色。发威一般，响在四周的，是北风的哮叫，却反把这平常颇热闹的街道，显得更萧条冷落了。

包围在弥漫的灰尘之中，是不可开口，一开口，准灌满灰尘的，于是洋车也不敢叫，只是顺着河沿，前进似退的努力的走。

这样盲目的走路，我非常担心，说不定绊上了石头，砖块或树根，跌倒了，破坏了玻璃和木框，那我的希望就破灭了。

幸而好，很平安地走到了东安门，转向西，便到了一家收买旧家伙的杂货店。这店里的东西确是杂极了，自红木的桌椅至于缺口破痕的盘碗，又有颇旧的清朝三品官所代表的珊瑚顶和红缨，以及最新式的开花炮的弹壳，……满屋是杂乱无章的，看着，会使人的意识变成散漫了。

但是我只注意着有没有类乎挟在我臂下的这东西。

在两枝鹿角交叉地放着，和一只蓝花碎磁的花瓶底下，我瞧见了，一个木框，里面镶着一张油印的外国风景画，使我就欢喜起来，因为在路上，我是非常担忧人家不要这类东西的。

第二章
我们始终无法超越所有人

从那很厚的蓝大布棉门帘旁边,挤出一个人来,是粗壮,奸猾,一脸麻子,只瞧这模样,确凿的,便认出是这店的掌柜了。

他用淡淡的眼光看我。

我想向他说明我们的买卖,但是想,而眼睛又做出像剔选什么旧货一般,笨拙的,向杂乱的货物去不住的巡视。我不禁的就犹豫起来,心慢慢地起了波动了,不敢把脸转过去,好像在我背后的是一个魔鬼,我觉得对着这些不类的东西,我也成为其中的一件货物了。

我非常纳闷,一个人和当铺成了相熟,已很久了,常常是爽然地把包袱向柜台上一推,坦然的说:

"要三块!"或是"你瞧得了。"

倘若那当铺的先生无所用意的来打招呼,说,"你来呀……"我也会很自然的点一下头。并且,因此,我曾想,只要把进当铺去的这付厚脸皮,拿去和社会上一切人交际,必定是非常老练,而这样,踏进官场和窑子中去,是容易而且不会受窘受苦的。

为什么一到了这杂货店,脸皮又嫩了,惶惶若有所失,竟不敢干干脆脆的把像框从臂下拿出来呢?这奇怪。

"你要什么?"突然这声音在我的脑后响了。

这问话真给我更大的束拘!我全然苦闷了。我想说出一句答话,但这话又给许多莫名的力牵制着,只在我的喉咙里旋转。

"看看。"这声音响出来,虽说是很勉强,很涩瑟的,我心上却仿佛减去了什么,轻松的好多了。

在我的脑里便冲突着两种思想：回去呢，还是卖？

"要什么？"那掌柜又问。

我的心便颤颤地跳着，沉重的转过身，想做出老成样子，却觉得一团火气已滚到脸上了。

"这，"我从臂下拿出那像框，用力的说，而声音，反变成喑哑了，"这卖——卖给你。"但这样，我已经得到说不出的无限大的轻松。

那淡淡的眼光射过来，我觉得脸上是泼了一盆冷水。

像框在粗黑的手上，翻转了一下。

他又看我一眼，便带点鄙薄的笑意说：

"要卖多少钱？这像片是外国的窑子么？"

"不是！"我摆一下头，简捷的回答，同时觉得这窑子两个字，是一条皮鞭，我的心就印上这皮鞭的伤痕了。

"是戏子吗？"

"不是！"

"那么，是什么人的太太吧，是总统的太太么？"

"不——这是一个诗人。"

"一个诗人？"他惊诧了，又现出鄙薄的笑意，把像框翻看了一下。

"要卖多少钱？"

"三块，"说出这话来，我仿佛是在当铺里了，胆子便无端的大了起来。

第二章
我们始终无法超越所有人

"什么,"那掌柜又惊诧的说,"要三块?这差远了。"便冷冷地把像框递过来。

接过这像框,对于诗人的抱歉的心情似乎轻减了一些,但忽然又感到空虚了,好像一个人走出这杂货店,就无着落似的。

我终于忍耐的问他:

"你说,到底给多少钱?"

"差太远了,三块!"

"你说一个价好了。"

"差太远。"

"你知道,管是这木框,也得两块钱。"

"那不能这样说。买来自然是贵的,卖出就不值价了,普通是这样的。假使那像片是个窑子,那还可以多卖些。"

听到又说"窑子",我愤然。无端的把羞辱加到已死的诗人上面,这未免太歉仄,而且是太可伤心的事了。本来在市侩面前,说出诗人这名称来,已是自取其辱了,何况还当这被视为小偷之类的时候,然而我还得忍耐,我不能就这样气愤而走开,因为别处有无收买旧家伙的杂货店,是很难说;纵是有,我也不知道。于是我又开口了,却是说:

"这像片不卖,只卖像框,你说给多少钱?"

"那咱们不要。"他懒懒地说。

"真可恶!"我想,"这种东西会如此倨傲,简直是梦想不到的。"便挟上了像框,走出这杂货店。

刚走出店门口，迎面就飞来狂风，混混沌沌的昏浊的灰尘，像猛兽想吃人一般，扑过来，我的头便赶紧的低下了。在风中走着，我的心是堆着比风还凶的纷乱的情绪。

心想：倘若我有权力，凭我这时的心境，我是很可以杀死许多人的。

自己以为可靠的买卖既然弄僵，而且反招了气愤，另一面对这诗人的像又觉得很抱歉，我就完全沉默到苦恼中去了。

我忽然想起俄国现代的一个作家了，他在著作方面虽享了颇大的名，却是冻饿死的，因了这，我以前常对自己的嘲笑，就又来了，说："那么，你改途好了！"然而这却是——嘲笑而已。

现实的生活是像一面镜子，十分光明十分亲切的照在心上，使我又想到，到了独寝的客舍，又得孤零零的躲到被窝里去；至于煤，纵是只要二十五斤，那也只能在希望中算是满足了。

跟跟跄跄地低头走去，仿佛是到了桥边，风力更大了，这因为我向北转，风就是从北面吹来的。我的衣袖差不多是整个的遮掩在脸上，但走了两三步，又得停住，勉强地张开眼来，看一看前面的路。

几乎是两种力相击的形势，我和风，不断的抵抗着，奋勇而终于艰难的迈步；横在我胸前的，不像风，却像是有力的冰凉的水。在我衣袖掩不及的地方——额上，腮边，和耳朵，便时时被许多细小的沙粒或砖瓦的微末，打击着，发出烧热的，带点痒意的痛楚。牙缝间也满了咬得响的沙之类。

在路上可怜我自己铅一般的灰色的黯澹生活，和厌恶这北风的扬威,和那掌柜的倨傲,是具有平均的力。

到了寓所,并不发气,却也用力的推开房门。那黑毛光滑而柔软的一群小动物就受了这震动,彷徨地,逃命到墙上的那个小窟窿去。

把雪莱的像放到桌上时,蓦然见到那蛋形的镜子里面,是现着一个年轻的,但是忧郁,满着灰尘,像煤铺伙计的污浊的脸。

我毫无意识地把眼睛看到周围,除了那小小的鼠穴,到处是幽黯的纸糊的壁。

纸窗上虽是不断的沙沙沙沙的响,但是房子里,依样是荒野一般的寒冷的寂寞。

两种念头 / 李广田

昨天夜里下了一夜的雨,雨虽然不大,可是那淅淅沥沥的声音就使我不能入睡。从前,这应当说是多少年以前了,一个人独自睡在学校的宿舍里,常常喜欢听夜雨,那雨声常给我一种邈远而又清新的感觉,常常使我想到许多很美丽的事物。而现在却不然了,现在这雨声却只使我感到烦琐、吵闹,尤其昭在临睡以前把木盆、磁盆,都一排行儿放在檐下了,说这样落一夜雨就可以从檐溜接得很多水,可以洗衣,也可以做饭,可以省一些买水的钱,近日米价大涨,水价也大涨了。好,于是这一夜不但是淅淅沥沥,而且还有丁丁东东,这叫人如何能睡呢?

听着雨声,我的脑子里起着无端无绪的思想。偶尔入睡了,却又做起怪梦来,而梦醒之后呢——谁知道是真醒不是——便开始幻想,不只是幻想,简直是些幻象在眼前排演。我梦见我行走一段极其光滑的石板路,这条路仿佛是升到一座高山上去的,非常陡峭,路面又非常窄狭,其窄狭的程度真可以说是才可容足,而路的两旁

第二章
我们始终无法超越所有人

就是深潭，潭水极清，却不可见底，只见前波后波在你推我挤。这是梦吗？这简直是我的旧游之地，我在梦中常常到这里来，常常来攀登这一段极险的路，就像在我们的日常生活中要常常经历那些艰难困危的道路一样。我又梦见我行走在故乡的旷野，我看见父亲在深深的禾苗中工作。是的，他是任何时候都在田野中工作的。然而我并未和他招呼。我醒来了，我就觉得奇怪，我为什么不同他打招呼呢？我不是常常要和"他"打招呼吗？在这去故乡万里之外的城市中，乡村中，大街上，野道上，每当我看见一个老农人，他有紫黑色的面孔，有和善的眼睛，他穿着褪色的蓝布衣裳……我心里一惊，那不是父亲吗？难道他逃难出来了？来找他的儿子了？我追上他吧，喊他吧，亲他吧，然而他走远了。可是，我为什么在梦里不同他打招呼呢？也许我怕他问我："你不是说给我几个钱，叫我修修家里的破房子吗？"不错，我曾经这样答应过，我没有照办，这怨我不好，可是也不能完全怨我。不过我知道你老人家也绝不会这么责问我的，你是太善良了。至于家里的房子破了，我知道，我在梦里就看见过，我看见墙壁洞穿，檐木凋落，而屋顶上满是荒草……我知道这些年来的风雨太多了。更奇怪的是我又看见——不是梦见——一个婴儿，这婴儿已经很久不见笑容了，他也许就要死了，但是那小脸上又忽然显出一点微笑。那微笑显示一个光明世界，照得每个人心里都发亮；然而可惜，那微笑却又很快地被一片阴影罩住了。而我的心里却在说，这就是我们的国家，这就是中国。我又在半睡半醒中念着几句莫名其妙的话，而且这些话在我的唇间。

不，是在我的心里，还反复又反复，仿佛永无完结，这些话大概是这样的：

> 最严寒的地方有温暖，
> 最温暖的地方有严寒，
> 有冰雪的地方有生长，
> 近太阳的地方最荒凉。

这是什么意思呢？真是连我自己也不明白了。此外我还梦见了什么？想了些什么？让我想想看。我想起来了，仿佛我还错过了多少事物，而这些事物是曾经从我的身边经过，或者，是曾经触到过我的指尖的，然而就如同捉鱼人本已捉到了一条鱼，却又让鱼从手缝中跑掉了。我们说"把握"，我们把握些什么呢？你紧紧地握一把沙，紧紧地握一把水吗？……

早晨醒来，雨还是星星地落着，我心里很不愉快。我永久向往一个夜雨之朝晴的境界。无论夜里多么黑暗，多么寒冷而阴湿，有多大的风雨，然而早晨一睁眼是一片蓝天照着大太阳，那多好，然而现在摆在眼前的还是一天愁雨。何况我的执事又来了，昭靠在我的耳边嘟囔道："你去给我买三角钱胡豆瓣，三个萝白，一角钱蒜苗……"为了怕吵醒小岫的睡眠，她这样切切地耳语着，而我呢，我却只想大声一叫，把一切唤醒。我自然得去买菜。我走到外面，一阵冷风洒我一身雨星。不错，几个盆里都接了满满的清水，我想永宁河里也一定是一片汪洋了。我走到厨房里,糟糕,屋漏得厉害,把米面都漏得一塌糊涂了,人活着,就必须天天防备这些阴天下雨的事情,昭那么想得周到,却也有这么一次疏忽,真是叫人心里也湿漉漉的,无可奈何。

我买菜回来了,看见昭在那里收拾那些已经漏湿了的米面。那有什么办法呢?我看是没有什么办法的,然而她总是那么有耐性,她总能对付这些事。而且,她还笑着说:"我在大学读书的时候,有一天下大雨,我不在家,窗子被风吹开了,于是淋了满屋子水,把我的书全都淋坏了,怎么办?天晴了,我就一页一页地揭,一页一页地揭……"然而米面可不比书页啊,米还成粒,可是你不能一粒一粒地拣,面呢,更麻烦,假如天不放晴,你就只好让它霉了,烂了,权当作我们自己吃了,可是你也真有兴致,大木盆里已经泡上要洗的衣服了。

这以后是我自己的时间,我要开始我一天的工作,我坐在窗下再不睬那愁眉不展的天空,我忙打开一本印得很精致的书册,那书面上闪着一片白光,像映着一片太阳。在这一面上正印着这样的一段话:

有两种互相矛盾的念头,在人类的内心越冲突得厉害了——想做得好一点的念头和想生活得好一点的念头。在现存的生活的乌烟瘴气里,要调和这两种倾向是不可能的。

第三章
慢下来,找到内心的依靠

中国人凡事都怀一个极近视的目标:
娶妻是为了生子,养儿是为了防老,
行善是为了福报,读书是为了做官……
若什么都只是吃饭的工具,什么都实用,就什么都浅薄。
青年为国家社会的生力军,若凡事近视,贪浮浅的近利,
一味袭蹈时下陋习,国家社会还有什么希望可说。

想念地坛 / 史铁生

想念地坛，主要是想念它的安静。

坐在那园子里，坐在不管它的哪一个角落，任何地方，喧嚣都在远处。近旁只有荒藤老树，只有栖居了鸟儿的废殿颓檐、长满了野草的残墙断壁，暮鸦吵闹着归来，雨燕盘桓吟唱，风过檐铃，雨落空林，蜂飞蝶舞，草动虫鸣……四季的歌咏此起彼伏从不间断。地坛的安静并非无声。

有一天大雾迷漫，世界缩小到只剩了园中的一棵老树。有一天春光浩荡，草地上的野花铺铺展展开得让人心惊。有一天漫天飞雪，园中堆银砌玉，有如一座晶莹的迷宫。有一天大雨滂沱，忽而云开，太阳轰轰烈烈，满天满地都是它的威光。数不尽的那些日子里，那些年月，地坛应该记得，有一个人，摇了轮椅，一次次走来，逃也似的投靠这一处静地。

一进园门，心便安稳。有一条界线似的，迈过它，只要一迈过它便有清纯之气扑来，悠远、浑厚。于是时间也似放慢了速度，就好比电影中的慢镜头，人便不那么慌张了，可以放下心来把你的每一个动作都看看清楚，每一丝风飞叶动，每一缕愤懑和妄想，盼念与惶茫，总之把你所有的心绪都看看明白。

因而地坛的安静，也不是与世隔离。

那安静，如今想来，是由于四周和心中的荒旷。一个无措的灵魂，不期而至竟仿佛走回到生命的起点。

记得我在那园中成年累月地走，在那儿呆坐，张望，暗自地祈求或怨叹，在那儿睡了又醒，醒了看几页书……然后在那儿想："好吧好吧，我看你还能怎样！"这念头不觉出声，如空谷回音。

谁？谁还能怎样？我，我自己。

我常看那个轮椅上的人，和轮椅下他的影子，心说我怎么会是他呢？怎么会和他一块坐在了这儿？我仔细看他，看他究竟有什么倒霉的特点，或还将有什么不幸的征兆，想看看他终于怎样去死，赴死之途莫非还有绝路？那日何日？我记得忽然我有了一种放弃的心情，仿佛我已经消失，已经不在，惟一缕轻魂在园中游荡，刹那间清风朗月，如沐慈悲。于是乎我听见了那恒久而辽阔的安静。恒久，辽阔，但非死寂，那中间确有如林语堂所说的，一种"温柔的声音，同时也是强迫的声音"。

我记得于是我铺开一张纸，觉得确乎有些什么东西最好是写下来。那日何日？但我一直记得那份忽临的轻松和快慰，也不考虑词句，也不过问技巧，也不以为能拿它去派什么用场，只是写，只是看有些路单靠腿（轮椅）去走明显是不够。写，真是个办法，是条条绝路之后的一条路。

只是多年以后我才在书上读到了一种说法：写作的零度。

《写作的零度》，其汉译本实在是有些磕磕绊绊，一些段落只好猜读，或难免还有误解。我不是学者，读不了罗兰·巴特的法文原著应当不算是玩忽职守。是这题目先就吸引了我，这五个字，已经契合了我的心意。在我想，写作的零度即生命的起点，写作由之出发的地方即生命之固有的疑难，写作之终于的寻求，即灵魂最初的眺望。譬如那一条蛇的诱惑，以及生命自古而今对意义不息的询问。譬如那两片无花果叶的遮蔽，以及人类以爱情的名义、自古而今的相互寻找。譬如上帝对亚当和夏娃的惩罚，以及万千心魂自古而今所祈盼着的团圆。

"写作的零度"，当然不是说清高到不必理睬纷繁的实际生活，洁癖到把变迁的历史虚无得干净，只在形而上寻求生命的解答。不是的。但生活的谜面变化多端，谜底却似亘古不变，缤纷错乱的现实之网终难免编织进四顾迷茫，从而编织到形而上的询问。人太容易在实际中走失，驻足于路上的奇观美景而忘了原本是要去哪儿，倘此时灵机一闪，笑遇荒诞，恍然间记起了比如说罗伯－格里叶的"去年在马里昂巴"，比如说贝克特的"等待戈多"，那便是回归了"零度"，重新过问生命的意义。零度，这个词真用得好，我愿意它不期然地还有着如下两种意思：一是说生命本无意义，零嘛，本来什么都没有；二是说，可平白无故地生命他来了，是何用意？虚位以待，来向你要求意义。一个生命的诞生，便是一次对意义的要求。荒诞感，正就是这样地要求。所以要看重荒诞，要善待它。不信等着瞧，无论何时何地，必都是荒诞领你回到最初的眺望，逼迫你去看那生命固有的疑难。

否则，写作，你寻的是什么根？倘只是炫耀祖宗的光荣，弃心魂一向的困惑于不问，岂不还是阿Q的传统？倘写作变成潇洒，变成了身份或地位的投资，它就不要嘲笑喧嚣，它已经加入喧嚣。尤其，写作要是爱上了比赛、擂台和排名榜，它就更何必谴责什么"霸权"？它自己已经是了。我大致看懂了排名的用意：时不时地抛出一份名单，把大家排比得就像是梁山泊的一百零八，被排者争风吃醋，排者乘机拿走的是权力。可以玩味的是，这排名之妙，商界倒比文坛还要醒悟得晚些。

这又让我想起我曾经写过的那个可怕的孩子。那个矮小瘦弱的孩子，他凭什么让人害怕？他有一种天赋的诡诈——只要把周围的孩子经常地排一排座次，他凭空地就有了权力。"我第一跟谁好，第二跟谁好……第十跟谁好"和"我不跟谁好"，于是，欢欣者欢欣地追随他，苦闷者苦闷着还是去追随他。我记得，那是我很长一段童年时光中恐惧的来源，是我的一次写作的零度。生命的恐惧或疑难，在原本干干净净的眺望中忽而向我要求着计谋。我记得我的第一个计谋，是阿谀。但恐惧并未因此消散，疑难却因此更加疑难。我还记得我抱着那只用于阿谀的破足球，抱着我破碎的计谋，在夕阳和晚风中回家的情景……那又是一次写作的零度。零度，并不只有一次。每当你立于生命固有的疑难，立于灵魂一向的祈盼，你就回到了零度。一次次回到那儿正如一次次走进地坛，一次次投靠安静，走回到生命的起点，重新看看，你到底是要去哪儿？是否已经偏离亚当和夏娃相互寻找的方向？

想念地坛，就是不断地回望零度。放弃强力，当然还有阿谀。现在可真是反了！——面要面霸，居要豪居，海鲜称帝，狗肉称王，人呢？名人，强人，人物。可你看地坛，它早已放弃昔日荣华，一天天在风雨中放弃，五百年，安静了；安静得草木葳蕤，生气盎然。土地，要你气熏烟蒸地去恭维它吗？万物，是你雕栏玉砌就可以挟持的？疯话。再看那些老柏树，历无数春秋寒暑依旧镇定自若，不为流光掠影所迷。我曾注意过它们的坚强，但在想念里，我看见万物的美德更在于柔弱。"坚强"，你想吧，希特勒也会赞成。世间的语汇，可有什么会是强梁所拒？只有"柔弱"。柔弱是爱者的独信。柔弱不是软弱，软弱通常都装扮得强大，走到台前骂人，退回幕后出汗。柔弱，是信者仰慕神恩的心情，静聆神命的姿态。想想看，倘那老柏树无风自摇岂不可怕？要是野草长得比树还高，八成是发生了核泄漏——听说切尔诺贝利附近有这现象。

我曾写过"设若有一位园神"这样的话，现在想，就是那些老柏树吧。千百年中，它们看风看雨，看日行月走人世更迭，浓荫中惟供奉了所有的记忆，随时提醒着你悠远的梦想。

但要是"爱"也喧嚣，"美"也招摇，"真诚"沦为一句时髦的广告，那怎么办？惟柔弱是爱愿的识别，正如放弃是喧嚣的解剂。人一活脱便要嚣张，天生的这么一种动物。这动物适合在地坛

第三章
慢下来，找到内心的依靠

放养些时日——我是说当年的地坛。

回望地坛，回望它的安静，想念中坐在不管它的哪一个角落，重新铺开一张纸吧。写，真是个办法，油然地通向着安静。写，这形式，注定是个人的，容易撞见诚实，容易被诚实揪住不放，容易在市场之外遭遇心中的阴暗，在自以为是时回归零度。把一切污浊、畸形、歧路，重新放回到那儿去检查，勿使伪劣的心魂流布。

有人跟我说，曾去地坛找我，或看了那一篇《我与地坛》去那儿寻找安静。可一来呢，我搬家搬得离地坛远了，不常去了。二来我偶尔请朋友开车送我去看它，发现它早已面目全非。我想，那就不必再去地坛寻找安静，莫如在安静中寻找地坛。恰如庄生梦蝶，当年我在地坛里挥霍光阴，曾屡屡地有过怀疑：我在地坛吗？还是地坛在我？现在我看虚空中也有一条界线，靠想念去迈过它，只要一迈过它便有清纯之气扑面而来。我已不在地坛，地坛在我。

《给青年的十二封信》序言 / 夏丏尊

这十二封信是朱孟实先生从海外寄来，分期在我们同人杂志《一般》上登载过的。《一般》的目的原想以一般人为对象，从实际生活出发来介绍些学术思想。数年以来，同人都曾依了这目标分头努力。可是如今看来，最好的收获第一要算这十二封信。

这十二封信以有中学程度的青年为对象。并未曾指定某一受信人的姓名，只要是中学程度的青年，就谁都是受信人，谁都应该读一读这十二封信。这十二封信，实是作者远从海外送给国内青年的很好的礼物。作者曾在国内担任中等教师有年，他那笃热的情感，温文的态度，丰富的学殖，无一不使和他接近的青年感服。他的赴欧洲，目的也就在谋中等教育的改进。作者实是一个终身愿与青年为友的志士。信中首称"朋友"，末署"你的朋友光潜"，在深知作者的性行的我看来，这称呼是笼有真实的情感的，决不只是通常的习用套语。

各信以青年们所正在关心或应该关心的事项为话题，作者虽随

第三章
慢下来，找到内心的依靠

了各话题抒述其意见，统观全体，却似乎也有一贯的出发点可寻。就是劝青年眼光要深沉，要从根本上做功夫，要顾到自己，勿随了世俗图近利。作者用了这态度谈读书，谈作文，谈社会运动，谈爱恋，谈升学选科等等。无论在哪一封信上，字里行间，都可看出这忠告来。其中如在《谈在卢佛尔宫所得的一个感想》一信里，作者且郑重地把这态度特别标出了说："假如我的十二封信对于现代青年能发生毫末的影响，我尤其虔心默祝这封信所宣传的超效率的估定价值的标准能印人个个读者的心孔里去。因为我所知道的学生们、学者们和革命家们，都太贪容易，太浮浅粗疏，太不能深入，太不能耐苦，太类似美国旅行家看孟洛里莎了。"

"超效率！"这话在急功近利的世人看来，也许要惊为太高蹈的论调了。但一味亟亟于效率，结果就会流于浅薄粗疏，无可救药。中国人在全世界是被推为最重实用的民族的，凡事都怀一个极近视的目标：娶妻是为了生子，养儿是为了防老，行善是为了福报，读书是为了做官，不称入基督教的为基督教信者而称为"吃基督教的"，不称投身国事的军士为军人而称为"吃粮的"，流弊所至，在中国什么都只是吃饭的工具，什么都实用。因之，就什么都浅薄。

试就学校教育的现状看罢！坏的呢，教师目的但在地位薪水，学生目的但在文凭资格；较好的呢，教师想把学生嵌入某种预定的铸型去，学生想怎样揣摩世尚毕业后去问世谋事。在真正的教育面前，总之都免不掉浅薄粗疏。效率原是要顾的，但只顾效率，究竟是蠢事。青年为国家社会的生力军，如果不从根本上培养能力，凡事近视，贪浮浅的近利，一味袭蹈时下陋习，结果纵不至于"一蟹不如一蟹"，亦只是一蟹仍如一蟹而已。国家社会还有什么希望可说。

"太贪容易，太浮浅粗疏，太不能深入，太不能耐苦"，作者对于现代青年的毛病，曾这样慨乎言之。征之现状不禁同感。作者去国已好几年了，依据消息，尚能分明地记得起青年的病像，则青年的受病之重也就可知。

这十二封信啊，愿对于现在的青年有些力量！

第三章
慢下来，找到内心的依靠

谈学问 / 朱光潜

这是一个大题目，不易谈，因为许多人对它有很大的误解，却又不能不谈。最大的误解在把学问和读书看成一件事。子弟进学校不说是"求学"而说是"读书"，学子向来叫作"读书人"，粗通外国文者在应该用"学习"（learn）或"治学"（study）等字时常用"阅读"（read）来代替。这种传统观念的错误影响到我国整个教育的倾向。各级学校大半把教育缩为知识传授，而知识传授的途径就只有读书，教员只是"教书人"。这种错误的观念如果不改正，教育和学问恐怕就没有走上正轨的希望。如果我们稍加思索，它也应该不难改正。学是学习，问是追问。世间可学习可追问的事理甚多，知识技能须学问，品格修养也还须学问；读书人须学问，农工商兵也还须学问，各行有各行的"行径"。学问是任何人对于任何事理，由不知求知，由不能求能的一套功夫。它的范围无限，人生一切活动，宇宙一切现象和真理，莫不包含在内。学问的方法甚多，人从堕地出世，没有一天不在学问。有些学问由仿效得来的，也有些学问是由尝试、思索、体验和涵养得来的。读书不过是学问的方法之一种，它当然很重要，却并非唯一的。朱子教门徒，一再申说"读书乃学者第二事"。有许多读书人实在并非在做学问，也有许多实在做学问的人并不专靠读书，制造文字——书的要素——是一种绝大学问，而首先制造文字的人就根本无书可读，许多其他学问都可由此类推。子路的"何必读书然后为学"一句话本身并不错，孔子骂他，只是讨厌他说这话的动机在辩护让一个青年学子去做官，也并没有说它本身错。

一般人常埋怨现在青年对于学问没有浓厚的兴趣。就个人任教的经验说，我也有这样的观感。平心而论，这大半要归咎于我们"教书人"。把学问看成"教书""读书"，这一错误的观念如果不全是我们养成的，至少我们未曾设法纠正。而且我们自己又没有好生学问，给青年学子树一个好榜样，可以激励他们的志气，提起他们的兴趣。此外，社会上一般人对于学问的性质和功用所存的误解也不无关系。近代西方学者常把纯理的学问和应用的学问分开，以为治应用的学问是有所为而为，治纯理的学问是无所为而为。他们怕学问全落到应用一条窄路上，尝设法替无所为而为的学问辩护，说它虽"无用"，却可满足人类的求知欲。这种用心很可佩服，而措辞却不甚正确。学问起于生活的需要，世间绝没有一种学问无用，不过"用"的意义有广狭之别。学得一种学问，就可以有一种技能，拿它来应用于实际事业，如学得数学几何三角就可以去算账、测量、建筑、制造机械，这是最正常的"用"字的狭义。

第三章
慢下来，找到内心的依靠

学得一点知识技能，就混得一种资格，可以谋一个职业，解决饭碗问题，这就是功利主义的"用"字的狭义。但是学问的功用并不仅如此，我们甚至可以说，学问的最大功用并不在此。心理学者研究智力，有普通智力与特殊智力的分别；古人和今人品题人物，都有通才与专才的分别。学问的功用也可以说有"通"有"专"。治数学即应用于计算数量，这是学问的专用；治数学而变成一个思想缜密、性格和谐、善于立身处世的人，这是学问的通用。学问在实际上确有这种通用。就智慧说，学问是训练思想的工具。一个真正有学问的人必定知识丰富，思想锐敏，洞达事理，处任何环境，知道把握纲要，分析条理，解决困难。就性格说，学问是道德修养的途径。苏格拉底说得好，"知识即德行。"世间许多罪恶都起于愚昧，如果真正彻底明了一件事是好的，另一件事是坏的，一个人决不会睁着眼睛向坏的方面走。中国儒家讲学问，素来全重立身行己的功夫，一个学者应该是一个圣贤，不仅如现在所谓"知识分子"。

现在所谓"知识分子"的毛病在只看到学的狭义的"用"，尤其是功利主义的"用"。学问只是一种干禄的工具。我曾听到一位教授在编成一部讲义之后，心满意足地说："一生吃着不尽了！"我又曾听到一位朋友劝导他的亲戚不让刚在中学毕业的儿子去就小事说："你这种办法简直是吃稻种！"许多升学的青年实在只为着要让稻种发生成大量谷子，预备"吃着不尽"。所以大学里"出路"最广的学系如经济系、机械系之类常是拥挤不堪，而哲学系、数学系、生物学系诸"冷门"，就简直无人问津。治学问根本不是为学问本身,而是为着它的出路销场,在治学问时既是"醉翁之意不在酒",得到出路销场后当然更是"得鱼忘筌"了。在这种情形之下的我们如何能期望青年学生对于学问有浓厚的兴趣呢?

这种对于学问功用的窄狭而错误的观念必须及早纠正。生活对于有生之伦是唯一的要务,学问是为生活。这两点本是天经地义。不过现代中国人的错误在把"生活"只看成口腹之养。"谋生活"与"谋衣食"在流行语中是同一意义。这实在是错误得可怜可笑。人有肉体,有心灵。肉体有它的生活,心灵也应有它的生活。肉体需要营养,心灵也不能"辟谷"。肉体缺乏营养,必酿成饥饿病死;心灵缺乏营养,自然也要干枯腐化。人为万物之灵,就在他有心灵或精神生活。所以测量人的成就并不在他能否谋温饱,而在他有无丰富的精神生活。一个人到了只顾衣食饱暖而对于真善美漫不感觉兴趣时,他就只能算是一种"行尸走肉",一个民族到了只顾体肤需要而不珍视精神生活的价值时,它也就必定逐渐没落了。

学问是精神的食粮,它使我们的精神生活更加丰富。肚皮装得饱饱的,是一件乐事,心灵装得饱饱的,是一件更大的乐事。一个人在学问上如果有浓厚的兴趣,精深的造诣,他会发现万事万物各有一个妙理在内,他会发现自己的心涵蕴万象,澄明通达,时时有寄托,时时在生展,这种人的生活决不会干枯,他也决不会做出卑污下贱的事。《论语》记"颜子在陋巷,一箪食,一瓢饮,人不堪其忧,回也不改其乐"。孔子赞他"贤",并不仅因为他能安贫,尤其因为他能乐道,换句话说,他有极丰富的精神生活。宋儒教人体会颜子所乐何在，也恰抓着紧要处，我们现在的人不但不能了解这种体会的重要，而且把它看成道学家的迂腐。这在民族文化上是一个极严重的病象，必须趁早设法医治。

中国语中"学"与"问"连在一起说，意义至为深妙，比西文中相当的译词如 learning, study, science 诸字都好得多。人生来有向上心，有求知欲，对于不知道的事物欢喜发疑问。对于一种事物发生疑问，就是对于它感觉兴趣。既有疑问，就想法解决它，几经摸索，终于得到一个答案，于是不知道的变为知道的，所谓"一旦豁然贯通"，这便是学有心得。学原来离不掉问，不会起疑问就不会有学。许多人对于一种学问不感觉兴趣，原因就在那种学问对于他们不成问题，没有什么逼得他们要求知道。但是学问的好处正在原来有问题的可以变成没有问题，原来没有问题的也可以变成有问题。前者是未知变成已知，后者发现貌似已知究竟仍为未知。比如说逻辑学，一个中学生学过一年半载，看过一部普通教科书，觉得命题、推理、归纳、演绎之类都讲得妥妥帖帖，了无疑义。可是他如果进一步在逻辑学上面下一点研究功夫，便会发现他从前认为透懂的几乎没有一件不成为问题，没有一件不曾经许多学者辩论过。他如果再更进一步去讨探，他会自己发现许多有趣的问题，并且觉悟到他自己一辈子也不一定能把这些问题都解决得妥妥帖帖。逻辑学是一科比较不幼稚的学问，犹且如此，其他学问更可由此类推了。一个人对于一种学问如果肯钻进里面去，必须使有问题的变为没有问题（这便是问），疑问无穷，发现无穷，兴趣也就无穷。学问之难在此,学问之乐也就在此。一个人对于一种学问说是不感兴趣,那只能证明他不用心,不努力下功夫,没有钻进里面去。世间决没有自身无兴趣的学问,人感觉不到兴趣,只由于人的愚昧或懒惰。

　　学与问相连,所以学问不只是记忆而必是思想,不只是因袭而必是创造。凡是思想都是由已知推未知,创造都是旧材料的新综合,所以思想究竟须从记忆出发,创造究竟须从因袭出发。由记忆生思想,由因袭生创造,犹如吸收食物加以消化之后变为生命的动力。食而不化固然是无用,不食而求化也还是求无中生有,向来论学问的话没有比孔子的"学而不思则罔,思而不学则殆"两句更为精深透辟。学原有"效"义,研究儿童心理学者都知道学习大半基于因袭或模仿。这里所谓"学"是偏重吸收前人已有的知识和经验。思是自己运用脑筋,一方面求所学得的能融会贯通,井然有条,一方面由疑难启发新知识与新经验。一般学子有两种通弊。一种是聪明人所常犯着的,他们过于相信自己的思考力而忽略前人的成就。其实每种学问都有长久的历史,其中每一个问题都曾经许多人思虑过,讨论过,提出过种种不同的解答,你必须明白这些经过,才可以利用前人的收获,免得绕弯子甚至于走错路。比如说生物学上的遗传问题,从前雷马克、达尔文、魏意斯曼、孟德尔诸大家已经做过许多实验,得到许多观察,用过许多思考。假如你对于他们的工作茫无所知或是一笔抹杀,只凭你自己的聪明才力来解决遗传问题,这岂不是狂妄?世间这种"思而不学"的人正甚多,他们不知道这种凭空构造的"殆"。另外一种通弊是资质较钝而肯用功的人所常犯的。他们一味读死书，古人所说的无论正确不正确，都不分皂白地接受过来，吟咏赞叹，自己毫不用思考求融会贯通，更没有一点冒险的精神，自己去求新发现，这是学而不思，孔子对于这种办法所下的评语是"罔"，意思就是说无用。

学问全是自家的事。环境好、图书设备充足、有良师益友指导启发，当然有很大的帮助。但是这些条件具备不一定能保障一个人在学问上有成就，世间也有些在学问上有成就的人并不具这些条件。最重要的因素是个人自己的努力。学问是一件艰苦的事，许多人不能忍耐它所必经的艰苦。努力之外，第二个重要的因素是认清方向与门径。入手如果走错了路，愈努力则入迷愈深，离题愈远。比如学写字、诗文或图画，一走上庸俗恶劣的路，后来如果想把它丢开，比收覆水还更困难，习惯的力量比什么都较沉重，世上有许多人像在努力做学问，只是陷入"野狐禅"，高自期许而实荒谬绝伦，这个毛病只有良师益友可以挽救。学校教育，在我想，只有两个重要的功用：第一是启发兴趣，其次就是指点门径。现在一般学校不在这两方面努力，只尽量灌输死板的知识。这种教育对于学问不仅无裨益而且是障碍！

未成熟的谷粒 / 老舍

一

我最大的苦痛,是我知道的事情太少。使我心里光亮起来的理论,并不能有补于创作——它教给了我怎么说,而没教给我说什么。啊,丰富的生活才是创作的泉源吧?

二

照着批评者的意见去创作,也许只能掉在公式阵中吧?创作饥歉,批评便也瘠瘦;随着瘠瘦的理论去学习,怎能康健呢?还是勇于创作,多方去试验吧!

三

想起来就头疼呀:到底是应当按着民众的教育程度,去撰制宣传文字呢?还是假设民众已经都在大学毕业,而供给高深莫测的作品呢？

四

我时常想写诗，而找不到合适的字。旧诗中的词汇太腐，鼓词旧戏中的词汇好多都欠通；上哪里找足以使我满意，而又使人爱念的字呢？这没有诗的社会啊！

五

艺术都含有宣传性。偏重宣传又被称为八股。怎办好？

六

吸不起香烟了，买来个烟斗，费事，费火柴，又欠干净。发明烟卷的人该死！

七

越忙越写不出东西来，文艺仿佛是"闲而后工"。

八

写通俗的文艺，俗难，俗而有力更难。能作到俗而有力恐怕就是伟大的作品吧？

九

诗的形式太自由了，写完总疑心——是诗吗？戏剧的形式太不自由，写完老不放心——是戏剧吗？还是小说容易像样儿。

十

诗与散文的界限为什么那样不清楚呢？用尽力量写成的几行诗，一转眼便变作散文，颇想自杀！

十一

友人善意的说：你写了不少抗战的文字，为何不写点关于建设的呢？这是好话！然而，哪一项建设不需要许多时日去仔细观察呢？去观察、去学习，谁给饭吃呢？呕，那么，抗战文字必是八股了？惭愧得紧！

十二

写信与开会是两件费时间的事。可是，私心里却极愿接读友人们的信，也愿去到会场和友人们见面谈一谈；这就无法申冤了！

十三

把散文分成短行写出就是诗，虽然没人敢这样主张，可是的确有人这样办了，危险！

十四

生平不讲究吃喝，只爱穿几件整洁的衣服，流亡中，连这点讲究也牺牲了。虽然也没多大的苦痛，可是身上一痒，就疑心是有虱子！

十五

不许小孩子说话，造成不少的家庭小革命者。

十六

想写一本戏，名曰最悲剧的悲剧，里面充满了无耻的笑声。

十七

伟大文艺之所以伟大，自有许多因素，其中必不可缺少的是一股正气，谓之能动天地，泣鬼神，亦非过誉。至若要弄点小聪明，偷偷地骂人几句，虽足快意一时，可是这态度已经十分的卑鄙。

十八

骂人并不是件容易的事。欲骂某人必洞悉其恶。若仅东拉西扯，说些闲白儿，是谓无中生有，罪在造谣，既骂不倒别人，反使自己心脏口臭。

十九

文人相轻是件极自然的事。每个文人都多少有点才气。每个文人在创作的时候都愿把全力用出来。这样，他的辛苦使他没法不自信自傲，看不起别人和不易接受别人的批评，几乎是理当如此。能闯过这由卖力气而自傲的一关，进到虚心大度，才能由自傲而自尊，才能觉得认清自己的毛病，承认自己的短处，正是自策自励所当取的态度——这可不很容易。

二十

哲人的智慧，加上孩子的天真，或者就能成个好作家了。

二十一

中玉来信说，继续研究文学理论。告以整旧难以见新，以新衡旧亦难得当，未若努力介绍新的，使大家多看到一些。

二十二

实际去批判一本书，胜于读批评理论十卷。专凭读书，成不了医生，治文艺批评者或亦类是。

二十三

晚会中，大家朗读新诗，极有趣。新诗读法，尚无规定，亦永难规定，不妨多方面试验。光未然先生有腔调有姿势，将来若有诗剧上演，必用此法。朱铭仙与高兰二先生清楚亲切，宜于警劝激励之作。我自己读诗如说话，取其自然流利，只宜于十数人的晚会中，在广大听众前必定失败。

二十四

无聊的话虽每起于：（一）以甲衡乙；（二）以己度人。前者，譬如说：甲乐善好施，而论者遂讥乙不如甲，不知甲为富翁，而乙乃寒士，怎能相比。后者，自己好名，遂以为稍具名声者必都高视阔步，得意非常，故当责骂以泄自己无名之怨。前者可称为善意的错误，后者卑劣的想象。

二十五

我应当受苦。没有任何专门学识，只凭一点点想象力去乱写胡诌；受苦是当然的惩罚。青年朋友们，别因为算术或外国语不能及格，而想作个写家呀！

二十六

早晨吃豆浆与油条也须花两角多了！自元旦起，废止朝食。空着肚皮写作，脑子似乎倒更清楚。和尚们有每日只进一餐的。由写家而出家，照现在的情形看来，倒许是条顺路。

余生很长，
　别慌张，别失望．2

春晖的一月 / 朱自清

去年在温州，常常看到本刊，觉得很是欢喜。本刊印刷的形式，也颇别致，更使我有一种美感。今年到宁波时，听许多朋友说，白马湖的风景怎样怎样好，更加向往。虽然于什么艺术都是门外汉，我却怀抱着爱"美"的热诚，三月二日，我到这儿上课来了。在车上看见，"春晖中学校"的路牌，白地黑字的，小秋千架似的路牌，我便高兴。出了车站，山光水色，扑面而来，若许我抄前人的话，我真是"应接不暇"了。于是我便开始了春晖的第一日。

走向春晖，有一条狭狭的煤屑路。那黑黑的细小的颗粒，脚踏上去，便发出一种摩擦的噪音，给我多少清新的趣味。而最系我心的，是那小小的木桥。桥黑色，由这边慢慢地隆起，到那边又慢慢的低下去，故看去似乎很长。我最爱桥上的栏杆，那变形的卍纹的栏杆；我在车站门口早就看见了，我爱它的玲珑！桥之所以可爱，或者便因为这栏杆哩。我在桥上逗留了好些时。这是一个阴天。山的容光，被云雾遮了一半，仿佛淡妆的姑娘。但三面映照起来，也

第三章
慢下来，找到内心的依靠

就青得可以了，映在湖里，白马湖里，接着水光，却另有一番妙景。我右手是个小湖，左手是个大湖。湖有这样大，使我自己觉得小了。湖水有这样满，仿佛要漫到我的脚下。湖在山的趾边，山在湖的唇边；他俩这样亲密，湖将山全吞下去了。吞的是青的，吐的是绿的，那软软的绿呀，绿的是一片，绿的却不安于一片；它无端的皱起来了。如絮的微痕，界出无数片的绿；闪闪闪闪的，像好看的眼睛。湖边系着一只小船，四面却没有一个人，我听见自己的呼吸。想起"野渡无人舟自横"的诗，真觉物我双忘了。

好了，我也该下桥去了；春晖中学校还没有看见呢。弯了两个弯儿，又过了一重桥。当面有山挡住去路；山旁只留着极狭极狭的小径。挨着小径，抹过山角，豁然开朗；春晖的校舍和历落的几处人家，都已在望了。远远看去，房屋的布置颇疏散有致，决无拥挤、局促之感。我缓缓走到校前，白马湖的水也跟我缓缓的流着。我碰着丏尊先生。他引我过了一座水门汀的桥，便到了校里。校里最多的是湖，三面潺潺的流着；其次是草地，看过去芊芊的一片。我是常住城市的人，到了这种空旷的地方，有莫名的喜悦！乡下人初进城，往往有许多的惊异，供给笑话的材料；我这城里人下乡，却也有许多的惊异——我的可笑，或者竟不下于初进城的乡下人。闲言少叙，且说校里的房屋、格式、布置固然疏落有味，便是里面的用具，也无一不显出巧妙的匠意；决无笨伯的手泽。晚上我到几位同事家去看，壁上有书有画，布置井井，令人耐坐。这种情形正与学校的布置，自然界的布置是一致的。美的一致，一致的美，是春晖给我的第一件礼物。

有话即长，无话即短，我到春晖教书，不觉已一个月了。在这一个月里，我虽然只在春晖登了十五日（我在宁波四中兼课），但觉甚是亲密。因为在这里，真能够无町畦。我看不出什么界线，因而也用不着什么防备，什么顾忌；我只照我所喜欢的做就是了。这就是自由了。从前我到别处教书时，总要做几个月的"生客"，然后才能坦然。对于"生客"的猜疑，本是原始社会的遗形物，其故在于不相知。这在现社会，也不能免的。但在这里，因为没有层叠的历史，又结合比较的单纯，故没有这种习染。这是我所深愿的！这里的教师与学生，也没有什么界限。在一般学校里，师生之间往往隔开一无形界限，这是最足减少教育效力的事！学生对于教师，"敬鬼神而远之"；教师对于学生，尔为尔，我为我，休戚不关，理乱不闻！这样两橛的形势，如何说得到人格感化？如何说得到"造成健全人格"？这里的师生却没有这样情形。无论何时，都可自由说话；一切事务，常常通力合作。校里只有协治会而没有自治会。感情既无隔阂，事务自然都开诚布公，无所用其躲闪。学生因无须矫情饰伪，故甚活泼有意思。又因能顺全天性，不遭压抑；加以自然界的陶冶：故趣味比较纯正。——也有太随便的地方，如有几个人上课时喜欢谈闲天，有几个人喜欢吐痰在地板上，但这些总容易矫正的。——春晖给我的第二件礼物是真诚，一致的真诚。

春晖是在极幽静的乡村地方，往往终日看不见一个外人！寂寞是小事；在学生的修养上却有了问题。现在的生活中心，是城市而非乡村。乡村生活的修养能否适应城市的生活，这是一个问题。此地所说适应，只指两种意思：一是抵抗诱惑，二是应付环境——明白些说，就是应付人，应付物。乡村诱惑少，不能养成定力；在乡村是好人的，将来一入城市做事，或者竟抵挡不住。从前某禅师在山中修道，道行甚高；一旦入闹市，"看见粉白黛绿，心便动了"。这话看来有理，但我以为其实无妨。就一般人而论，抵抗诱惑的力量大抵和性格、年龄、学识、经济力等有"相当"的关系。除经济力与年龄外，性格、学识，都可用教育的力量提高它，这样增加抵抗诱惑的力量。提高的意思，说得明白些，便是以高等的趣味替代低等的趣味；养成优良的习惯，使不良的动机不容易有效。用了这种方法，学生达到高中毕业的年龄，也总该有相当的抵抗力了；入城市生活又何妨？（不及初中毕业时者，因初中毕业，仍须续入高中，不必自己挣扎，故不成问题。）有了这种抵抗力，虽还有经济力可以作祟，但也不能有大效。前面那禅师所以不行，一因他过的是孤独的生活，故反动力甚大，一因他只知克制，不知替代；故外力一强，便"虎咒出于神"了！这岂可与现在这里学生的乡村生活相提并论呢？至于应付环境，我以为应付物是小问题，可以随时指导；而且这与乡村，城市无大关系。我是城市的人，但初到上海，也曾因不会乘电车而跌了一跤，跌得皮破血流；这与乡下诸公又差得几何呢？若说应付人，无非是机心！什么"逢人只说三分话，未可全抛一片心"，便是代表的教训。教育有改善人心的使命；这种机心，有无养成的必要，是一个问题。姑不论这个，要养成这种机心,也非到上海这种地方去不成;普通城市正和乡村一样,是没有什么帮助的。凡以上所说,无非要使大家相信,这里的乡村生活的修养,并不一定不能适应将来城市的生活。况且我们还可以举行旅行,以资调剂呢。况且城市生活的修养,虽自有它的好处;但也有流弊。如诱惑太多,年龄太小或性格未佳的学生,或者转易陷溺——那就不但不能磨练定力,反早早的将定力丧失了!所以城市生活的修养不一定比乡村生活的修养有效。——只有一层,乡村生活足以减少少年人的进取心,这却是真的!

说到我自己,却甚喜欢乡村的生活,更喜欢这里的乡村的生活。我是在狭的笼的城市里生长的人,我要补救这个单调的生活,我现在住在繁嚣的都市里,我要以闲适的境界调和它。我爱春晖的闲适!闲适的生活可说是春晖给我的第三件礼物!

我已说了我的"春晖的一月";我说的都是我要说的话。或者有人说,赞美多而劝勉少,近乎"戏台里喝彩"!假使这句话是真的,我要切实声明:我的多赞美,必是情不自禁之故,我的少劝勉,或是观察时期太短之故。

花潮 / 李广田

昆明有个圆通寺。寺后就是圆通山。从前是一座荒山,现在是一个公园,就叫圆通公园。

公园在山上。有亭,有台,有池,有榭,有花,有树,有鸟,有兽。

后山沿路,有一大片海棠,平时枯枝瘦叶,并不惹人注意,一到三、四月间,正是花团锦簇,变成一个花世界。

这几天天气特别好,花开得也正好,看花的人也就最多。"紫陌红尘拂面来,无人不道看花回",办公室里,餐厅里,晚会上,道路上,经常听到有人问答:"你去看海棠没有?""我去过了。"或者说:"我正想去。"到了星期天,道路相逢,多争说圆通山海棠消息。一时之间,几乎形成一种空气,甚至是一种压力,一种诱惑,如果谁没有到圆通山看花,就好像是一大憾事,不得不挤点时间,去凑个热闹。

星期天,我们也去看花。不错,一路同去看花的人可多着哩。

进了公园门,步步登山,接踵摩肩,人就更多了。向高处看,隔着密密层层的绿荫,只见一片红云,望不到边际,真是:"寺门尚远花光来,漫天锦绣连云开。"这时候,什么苍松呵,翠柏呵,碧梧呵,修竹呵……都挽不住游人。大家都一口气攀到最高峰,淹没在海棠花的红海里。后山一条大路,两旁,四周,都是海棠。人们坐在花下,走在路上,既望不见花外的青天,也看不见花外还有别的世界。花开得正盛,来早了,还未开好,来晚了,已经开败,"千朵万朵压枝低",每棵树都炫耀自己的鼎盛时代,每一朵花都在微风中枝头上颤抖着说出自己的喜悦。"喷云吹雾花无数,一条锦绣游人路",是的,是一条花巷,一条花街,上天下地都是花,可谓花天花地。可是,这些说法都不行,都不足以说出花的动态,"四厢花影怒于潮","四山花影下如潮",还是"花潮"好。古人写诗真有他的,善于说出要害,说出花的气势。你不要乱跑,你静下来,你看那一望无际的花,"如钱塘潮夜澎湃",有风,花在动,无风,花也潮水一般地动,在阳光照射下,每一个花瓣都有它自己的阴影,就仿佛多少波浪在大海上翻腾,你越看得出神,你就越感到这一片花潮正在向天空向四面八方伸张,好像有一种生命力在不断扩展。而且,你可以听到潮水的声音,谁知道呢,也许是花下的人语声,也许是花丛中蜜蜂嗡嗡声,也许什么地方有黄莺的歌声,还有什么地方送来看花人的琴声,歌声,笑声……,这一切交织在一起,再加上风声,天籁人籁,就如同海上午夜的潮声。大家都是来看花的,可是,这个花到底怎么看法?有人走累了,拣个最

第三章
慢下来，找到内心的依靠

好的地方坐下来看，不一会，又感到这个不够好，也许别个地方更好吧，于是站起来，既依依不舍，又满怀向往，慢步移向别处去。多数人都在花下走来走去，这棵树下看看，好，那棵树下看看，也好，伫立在另一棵树下仔细端详一番，更好，看看，想想，再看看，再想想。有人很大方，只是驻足观赏，有人贪心重，伸手牵过一枝花来摇摇，或者干脆翘起鼻子一嗅，再嗅，甚至三嗅。"天公斗巧乃如此，令人一步千徘徊"。人们面对这绮丽的风光，真是徒唤奈何了。

　　老头儿们看花，一面看，一面自言自语，或者嘴里低吟着什么。老妈妈看花，扶着拐杖，牵着孙孙，很珍惜地折下一朵，簪在自己的发髻上。青年们穿得整整齐齐，干干净净，好像参加什么盛会，不少人已经穿上雪白的衬衫，有的甚至是绸衬衫，有的甚至已是短袖衬衫，好像夏天已经来到他们身上，东张张，西望望，既看花，又看人，阳气得很。青午妇女们，也都打扮得利利落落，很多人都穿着花衣花裙，好像要与花争妍，也有人擦了点胭脂，抹了点口红，显得很突出，可是，在这花世界里，又叫人感到无所谓了。很自然地想起了龚自珍《西郊落花歌》中说的，"如八万四千天女洗脸罢，齐向此池倾胭脂"，真也有点形容过分，反而没有真实感了。小学生们，系着漂亮的红领巾，带着弹弓来了，可是他们并没有射击，即便有鸟，也不射了，被这一片没头没脑的花惊呆了。画家们正调好了颜色对花写生，看花的人又围住了画花的，出神地看画家画花。喜欢照相的人，抱着相机跑来跑去，不知是照花，还是照人，是怕人遮了花，还是怕花遮了人，还是要选一个最好的镜头，使如花的人永远伴着最美的花。有人在花下喝茶，有人在花下弹琴，有人在花下下象棋，有人在花下打桥牌。昆明四季如春，四季有花，可是不管山茶也罢，报春也罢，梅花也罢，杜鹃也罢，都没有海棠这样幸运，有这么多人，这样热热闹闹地来访它，来赏它，这样兴致勃勃地来赶这个开花的季节。还有桃花什么的，目前也还开着，在这附近，就有几树碧桃正开，"猩红鹦绿天人姿，回首夭桃悄失色"，显得冷冷落落地待在一旁，并没有谁去理睬。在这圆通山头，可以看西山和滇池，可以看平林和原野，可是这时候，大家都在看花，什么也顾不得了。

看着看着，实在有点疲乏，找个地方坐下来休息一下吧，哪里没有人？都是人。坐在一群看花人旁边，无意中听人家谈论，猜想他们大概是哪个学校的文学教师。他们正在吟诗谈诗：

一个吟道："泪眼问花花不语，乱红飞过秋千去。"

一个说："这个不好，哪来的这么些眼泪！"

另一个吟道："一片花飞减却春，风飘万点正愁人。"

又一个说："还是不好，虽然是诗圣的佳句，也不好。"

一个青年人抢过去说："'繁枝容易纷纷落，嫩蕊商量细细开'，也是杜诗，好不好？"

一个人回答："好的，好的，思想健康，说的是新陈代谢。"

一个人不等他说完就接上去："好是好，还不如龚定庵的'落红不是无情物，化作春泥更护花'，有辩证观点，乐观精神。"

有一个人一直不说话,人家问他,他说:"天何言哉,四时兴焉,万物生焉,天何言哉。桃李无言,下自成蹊。你们看,海棠并没有说话,可是大家都被吸引来了。"

我也没有说话。想起泰山高处有人在悬崖上刻了四个大字:"予欲无言",其实也甚是多事。

回家的路上,还是听到很多人纷纷议论。有人说:"今年的花,比去年好,去年,比前年好,解放以前,谈不到。"

有人说:"今天看花好,今夜睡梦好,明天工作好。"

有人说:"明天作文课,给学生出题目,有了办法。"

有人说:"最好早晨来看花,迎风带露的花会更娇更美。"

有人说:"雨天来看花更好,海棠著雨胭脂透,当然不是大雨滂沱,而是斜风细雨。"

有人说:"也许月下来看花更好,将是花气氤氲。"

有人说:"下星期再来看花,再不来就完了。"

有人说:"不怕花落去,明年花更好。"

好一个"明年花更好"。我一面走着,一面听人家说着,自己也默念着这样两句话:

春光似海,
盛世如花。

两个鬼 / 周作人

在我们的心头住着 Du Daimone，可以说是两个——鬼。我踌躇着说鬼，因为他们并不是人死所化的鬼，也不是宗教上的魔，善神与恶神，善天使与恶天使。他们或者应该说是一种神，但这似乎太尊严一点了，所以还是委屈他们一点称之曰鬼。

这两个是什么呢？其一是绅士鬼，其二是流氓鬼。据王学的朋友说人是有什么良知的，教士说有灵魂，维持公理的学者们也说凭着良心，但我觉得似乎都没有这些，有的只是那两个鬼，在那里指挥我的一切的言行。这是一种双头政治，而两个执政还是意见不甚协和的，我却像一个钟摆在这中间摇着。有时候流氓占了优势，我便跟了他去彷徨，什么大街小巷的一切隐秘无不知悉，酗酒，斗殴，辱骂，都不是做不来的，我简直可以成为一个精神上的"破脚骨"。但是在我将真正撒野，如流氓之"开天堂"等的时候，绅士大抵就出来高叫"带住，着即带住！"说也奇怪，流氓平时不怕绅士，到得他将要撒野，一听绅士的吆喝，不知怎的立刻一溜烟地走

第三章
慢下来，找到内心的依靠

了。可是他并不走远，只在弄头弄尾探望，他看绅士领了我走，学习对淑女们的谈吐与仪容，渐渐地由说漂亮话而进于摆臭架子，于是他又赶出来大骂道："Nohk oh dausangtzr keh niarngsaeh, fiaulctōng tsemtseuzeh doodzang kaeh moavaeh toang yuachu!"（案此流氓文大半有音无字。故今用拼音，文句也不能直译，大意是说"你这混账东西，不要臭美，肉麻当作有趣。"）这一下之子，棋又全盘翻过来了。而流氓专政即此渐渐地开始。

诺威的巨人易卜生有一句格言曰，"全或无。"诸事都应该彻底才好，那么我似乎最好是去投靠一面，"以身报国"似的做去，必有发达之一日，一句话说，就是如不能做"受路足"的无赖便当学为水平线上的乡绅。不过我大约不能够这样做。我对于两者都有点舍不得，我爱绅士的态度与流氓的精神。绅士不肯"叫一个铲子是铲子"，我想也是对的，倘若叫铲子便有了市侩的俗恶味，但是也不肯叫作别的东西那就很错了。我不很愿意在作文章时用电码八三一一，然而并不是不说，只是觉得可以用更好的字，有时或更有意思。我为这两个鬼所迷，着实吃苦不少，但在绅士的从肚脐画一大圈及流氓的"村妇骂街"式的言语中间，也得到了不少的教训，这总算还是可喜的。我希望这两个鬼能够立宪，不，希望他们能够结婚，倘若一个是女流氓，那么中间可以生下理想的王子来，给我们作任何种的元首。

余生很长，
　别慌张，别失望。2

悔 / 李广田

就连小孩哭着找妈的道理，
你未曾想，也终未能够懂得，
然而你却爱拍着桌子大骂：
"嘀嘀！为什么不给农民以土地？"

你一定痛恨极了，对于法西斯蒂，
而四堵墙里的王国你就是希特勒，
伸出粗大的手掌向小儿闪声：
"哭吧，闹吧，我就要把你打死！"

我们的生命真是罪过的堆积，
智慧与愚蠢也只隔一层模糊，
举起了后足早忘记了前足，
命运注定了"给错误当学徒。"

第三章
慢下来，找到内心的依靠

这是前几天偶然写成的东西，那意思是说，以后再也不要这样狂暴了吧，然而无用，没有想到今天晚间却又是一次无理性的发作，大概我们的一切誓言都是如此，说是要立志如何如何，也往往是徒然的事。"给错误当学徒。"W. H. Auden 这话真不错，一个人的一生也许只是错误与错误的连续，我常想，一个人临死的时候总容易回顾一生，但当他回忆起来的时候大概也总是错误的堆积，从至微至隐的，以至最大最显的：我出卖了一个国家，或一个朋友，我欠某人几文钱，对某人说了一句谎话，或对谁起过一次不好的念头……他整个的一生中都是"过失"，但只有一次他是对了，那就是他与世长辞时所作的反省，对于全生命的忏悔，自从这一次悔改之后，他再也不会犯什么过失了，他有一个最后的完整，归于无。那最后回顾时所看见的都是自己的"善行"的人该是幸福的了，我想他一定将以最后的一次微笑而瞑目，但这样的人可不知究竟有多少。……当我这样想时，我早已离开了我那四堵墙的王国，而仓仓促促地走在街上了。我心里含着一大包的悲痛。悲愤吗？不，我此刻已不再愤愤然，假如愤，那也就是对自己了。我是以一种最激烈的形式而又是以一种最虚弱的内容而走开的。外面下着雨，而且下得相当急，而且已是黄昏以后了，夜色兼雨色，各处茫茫苍苍的，我一个人迈着急促的步子，却不知应当向哪里走。总之有道路处便可以走，要走出这昏夜，要走出这雨。我一面走着，一面迷惘的想着。我想起我的一个先生，他写了一部自传小说，他说，他这人对于一切大事都能停停妥妥，惟独有些小节目还不能恰到好处，譬如，今天早晨起来，这地究竟扫不扫呢？这就是一个问题……我自然也想到自己，我，我这人对天下国家，宇宙人生，也可以说是头头是道，惟独在自己妇人孺子之间就没有人缘，我不知道我为什么竟会如此暴躁，我以为这种坏脾气是从前不会有过的，然而现在却有了，归咎于这里的坏天气吧，归咎于生活的压迫吧……我自己明白，这都极其无谓。而且我想到，她们两个一定在灯下谈着我这个怪人，我想在她们中间一定有这么一段对话，母亲问："孩子，不要哭，妈妈痛你，妈走了万八里路把你带出来，妈能不痛你吗？"又问："告诉妈，你同妈是从哪里来的？你说呀？"孩子答："是从山东来的，那里有日本鬼子，日本鬼子打小孩。"母亲又问："你跑这么远来干什么？"孩子答："我来找爸爸。"母亲问："找到了没有？"孩子答："找到了。"母亲问："找到了怎么样？"于是孩子说了："找到了，他吵我又打我，也不给我买小洋琴，妈不是说我的小洋琴叫日本鬼子偷去了吗？"……我想到这里，似乎有一点儿要笑的意思，但是我如何能笑呢？雨下得很紧，我走得很快，也不顾道路的平陂，也不管脚下的泥水，衣服自然湿了，冷风吹来，把水吹得乱舞，我感到十分清醒，我不知不觉走上了大桥。真是不知不觉，因为这地方是来得习惯了，有时候自己来，有时候也同着女人小孩一同来，来看山，看水，看拉船的，钓鱼的，看算卦的，卖零星东西的，看来来往往的过桥人，而小孩子一见了船就说："打完了日本就坐这船回家了。"但此刻，什么也没有，而远处看，自然是一片模糊，向近处看，也只有光滑的石

第三章
慢下来，找到内心的依靠

头桥面上放着微明的水光。河水的声音和风雨的声音搅成一片，也分不十分清楚了。在下流的拐角处，也就是在黑暗的城角下边，这里该是一只船，因为那里有一点灯火在雨丝中摇摆着。我站住了，我站在桥边，可是我并没有像平日那样去倚在石栏上。因为我知道那石栏是湿的，是冷的。偶尔有几个人匆忙地走过了，打伞的，戴斗笠的，有脚下穿着钉鞋的，打在石板上发出清脆的丁丁声，而穿便鞋的脚下，则发出苦楚苦楚的声音，听了使人特别感到雨天的愁苦，于是我想起那些在雨水中拉着重货车上桥下桥的弟兄们，我的耳朵里仿佛还响着他们那"挨道挨道"的呼声。夜深了，我希望他们此刻已是休息了。他们的百条千挂的破衣服，此刻大概正在墙上或绳索上滴湿着雨水，雨水中也该有汗水。我又想，我若能知道这些在夜雨中奔泊者们的故事就好了，正如我此刻也正在一个故事中一样，我若能看出他们每个人的面孔就更好，我可以从他们的脸色来推测他们的故事是属于哪一类，是悲哀的，还是欢喜的，我也愿意从人的面貌上观察一个人的性情：是暴躁的，还是和平的，或是和平而又有时暴躁的。但是我看不出他们的脸面，我只看见他们的轮廓，我以为他们都是一样的，都只是一些人的影子。但忽然有小孩的哭声慢慢近前来了，在风雨声中，这小孩的哭声特别显得可怜，显然那孩子还只是一个赤着肩膊，挑着沉重担子的大男人，而那哭着的小孩就在他的背上，他的背上像一个隆起的大瘤，不过那个大瘤却仿佛在跃动着，而且仿佛有两只小手伸出来了。你这个大男人，你这个负重者，你怎么在夜雨中赤着肩膊呢？冷冷的雨水该从你的头发上流下来了，流在颈项上，流在胸膛上，流注到你的心里了吧，原来你的蓝布褂子就盖在你那小孩的头上，怪不得那两只小手要在里边挣扎了。对，你是辛苦惯了，在风里雨里你也走惯了，你不怕，你的小孩却不然。你这样爱你的小孩，而且说道："莫要哭，莫要哭，姆妈就来了……"你的小孩在向你要妈妈。他的妈妈呢？在家里？你有家？家里什么情形？你当然很贫穷，很困苦。你这个作父亲的，我听你的声音就像一个母亲，我希望你走下桥头就到了家，到家里先暖一暖，再喝一点热汤。自然，家里有孩子的母亲……他已经走远了，他的高大的影子消逝在黑暗中。他的声音听不清了，孩子的哭声也听不清了，于是桥上只剩下了我自己。我一个人，而且我的心里空空的，我心里什么也没有，仿佛我并不存在，我也并无思索。风吹在我身上，像吹在旷野上；雨洒在我身上，像洒在一座空城上，连城墙下那小船上的灯火也不见了，舟中人也在风雨中睡下了。我慢慢地向后转，我不知怎么样走回来，我终于回到了我的街巷。我的小巷子非常黑暗，又非常泥泞，然而我没有注意这些，我的低矮的门口有火把在迎我。惊讶吗？不，一点也不，那不是别人，那正是我的小孩和小孩的母亲。作母亲的手里拿着火把，又抱着小孩，火光映着小孩脸上的欢笑。孩子一见我就欢天喜地地说："我和妈妈来等你，接你，天黑，下大雨。"我真想抱抱这孩子，亲亲这孩子，亲亲她的小腮，然而我一身是水，我的脸上也是冰冷的，不过我的心里却渐渐地温暖了。我们在灯下有说有笑，有故事，有歌唱。小孩子总不能忘记姥姥，

第三章
慢下来，找到内心的依靠

姥姥对她太好了，说几时打完了日本就回去找姥姥。姥姥曾教给她一个歌，可是她在姥姥那里却不敢唱，因为那里有日本，日本打小孩。现在找到爸爸了，这个歌也敢唱了，于是她反复地唱道：

日本鬼，
喝凉粉，
打了罐，
赔了本。

她唱一阵，又闹一阵，还不等给她解衣服，她已经困得动不得了。

那里走 / 朱自清

呈萍郢火栗四君

近年来为家人的衣食，为自己的职务，日日地忙着，没有坐下闲想的工夫；心里似乎什么都有，又似乎什么都没有。萍见面时，常叹息于我的沉静；他断定这是退步。是的，我有两三年不大能看新书了，现在的思想界，我竟大大地隔膜了；就如无源的水一样，教它如何能够滔滔地长流呢？幸而我还不断地看报，又住在北京，究竟不至于成为与世隔绝的人。况且鲁迅先生说得好："中国现在是一个进向大时代的时代。"无论你是怎样的小人物，这时代如闪电般，或如游丝般，总不时地让你警着一下。它有这样大的力量，决不从它巨灵般的手掌中放掉一个人；你不能不或多或少感着它的威胁。大约因为我现在住着的北京，离开时代的火焰或漩涡还远的缘故吧，我还不能说清这威胁是怎样；但心上常觉有一点除不去的阴影，这却是真的。我是要找一条自己好走的路；只想找着"自己"好走的路罢了。但那里走呢？或者，那里走呢！我所彷徨的便是这个。

说"那里走？"是还有路可走；只须选定一条便好。但这也并不容易，和旧来所谓立志不同。立志究竟重在将来，高远些，空泛些，是无妨的。现在我说选路，却是选定了就要举步的。在这时代，将来只是"浪漫"，与过去只是"腐化"一样。它教训我们，靠得住的只是现在，内容丰富的只是现在，值得拼命的只是现在；现在是力，是权威，如钢铁一般。但像我这样一个人，现在果然有路可走么？果然有选路的自由与从容么？我有时怀疑这个"有"，于是乎悚然了：那里走呢！旧小说里写勇将，写侠义，当追逼或围困着他们的对手时，往往断喝一声道，"往那里走！"这是说，没有你走的路，不必走了；快快投降，遭擒或受死吧。投降等也可以说是路，不过不是对手所欲选择的罢了。我有时正感着这种被迫逼，被围困的心情：虽没有身临其境的慌张，但觉得心上的阴影越来越大，颇有些悯悯然。

三个印象

我知道这种心情的起原。春间北来过上海时，便已下了种子；以后逐渐发育，直至今日，正如成荫的大树，根株蟠结，不易除去。那时上海还没有革命呢；我不过遇着一个电车工人罢工的日子。我从宝山路口向天后宫桥走，街沿上挤挤挨挨满是人；这在平常是没有的。我立刻觉着异样；虽然是晴天，却像是过着梅雨季节一般。后来又坐着人力车,由二洋泾桥到海宁路,经过许多热闹的街市。如密云似的,如波浪似的,如火焰似的,到处扰扰攘攘的行人;人力车得委婉曲折地穿过人丛,拉车的与坐车的,不由你不耐着性儿。我坐在车上,自然不要自己挣扎,但看了人群来来往往,前前后后,进进退退地移动着,不禁也暗暗地代他们出着力。这颇像美国式足球战时,许多壮硕的人压在一个人身上,成了肉堆似的;我感着窒息一般的紧张了。就是那天晚上,我遇着郢。我说上海到底和北京不同;从一方面说,似乎有味得多——上海是现代。郢点点头。但在上海的人,那时怕已是见惯了吧;让谛知道,又该说我"少见多怪"了。

第二天是我动身的日子,火来送我。我们在四马路上走着,从上海谈到文学。火是个深思的人。他说给我将着手的一篇批评论文的大意。他将现在的文学,大别为四派。一是反语或冷嘲;二是乡村生活的描写;三是性欲的描写;四是所谓社会文学,如记一个人力车夫挨巡捕打,而加以同情之类。他以为这四种都是 Petty Bourgeoisie[①] 的文学。一是说说闲话。二是写人的愚痴;自己在圈子外冷眼看着。四虽意在为 Proletariat[②] 说话,但自己的阶级意识仍脱不去;只算"发政施仁"的一种变相,只算一种廉价的同情而已。三所写的颓废的心情,仍以 Bourgeoisie[③] 的物质文明为背景,

---

① 英文:小资产阶级。
② 英文:无产阶级。
③ 英文:资产阶级。

第三章
慢下来，找到内心的依靠

也是 Petty Bourgeoisie 的产物。这四派中，除第三外，都除外自己说话。火不赞成我们的文学除外自己说话；他以为最亲切的还是说我们自己的话。至于所谓社会文学，他以为竟毫无意义可言。他说，Bourgeoisie 的灭亡是时间问题，Petty Bourgeoisie 不用说是要随之而去的。一面 Proletariat 已渐萌芽蠢动了；我们还要用那养尊处优，丰衣足食（自然是比较的说法）之余的几滴眼泪，去代他们申诉一些浮面的，似是而非的疾苦，他们的不屑一顾，是当然。而我们自己已在向灭亡的途中，这种不干己的呼吁，也用它不着。所以还是说自己的话好。他说，我们要尽量表现或暴露自己的各方面；为图一个新世界早日实现，我们这样促进自己的灭亡，也未尝没有意义的。"促进自己的灭亡"，这句话使我悚然；但转念到这也是无可奈何的事的时候，我又爽然自失。与火相别一年，不知如何，他还未将这篇文写出；我却时时咀嚼他那么一句话。

到京后的一个晚上，栗君突然来访。那是一个很好的月夜，我们沿着水塘边一条幽僻的小路，往复地走了不知几趟。我们缓缓地走着，快快地谈着。他是劝我入党来的。他说像我这样的人，应该加入他们一伙儿工作。工作的范围并不固定；政治，军事固然是的，学术，文学，艺术，也未尝不是的——尽可随其性之所近，努力做去。他末了说，将来怕离开了党，就不能有生活的发展；就是职业，怕也不容易找着的。他的话是很恳切。当时我告诉他我的踌躇，我的性格与时代的矛盾；我说要和几个熟朋友商量商量。后来萍说可以不必；郢来信说现在这时代，确是教人徘徊的；火的信也说将来必须如此时再说吧。我于是只好告诉栗君，我想还是暂时超然的好。这超然究竟能到何时，我毫无把握。若能长此超然，在我倒是佳事。但是，若不能呢？我因此又迷糊着了。

时代与我

这时代是一个新时代。时代的界限，本是很难画出的；但我有理由，从十年前起算这时代。在我的眼里，这十年中，我们有着三个步骤：从自我的解放到国家的解放，从国家的解放到 Class Struggle①；从另一面看，也可以说是从思想的革命到政治的革命，从政治的革命到经济的革命。我说三个步骤，是说它们先后相承的次序，并不指因果关系而言；论到因果关系，是没有这么简单的。实在，第二，第三两个步骤，只包括近一年来的时间；说以前九年都是酝酿的时期，或是过渡的时期，也未尝不可。在这三个步骤里，我们看出显然不同的两种精神。在第一步骤里，我们要的是解放，有的是自由，做的是学理的研究；在第二，第三步骤里，我们要的是革命，有的是专制的党，做的是军事行动及党纲，主义的宣传。这两种精神的差异，也许就是理想与实际的差异。

在解放的时期，我们所发现的是个人价值。我们诅咒家庭，诅咒社会，要将个人抬在一切的上面，作宇宙的中心。我们说，个人是一切评价的标准；认清了这标准，我们要重新评定一切传统的价

---

① 英文：阶级斗争。

第三章
慢下来，找到内心的依靠

值。这时是文学，哲学全盛的日子。虽也有所谓平民思想，但只是偶然的怜悯，适成其为慈善主义而已。社会科学虽也被重视，而与文学，哲学相比，却远不能及。这大约是经济状况剧变的缘故吧，三四年来，社会科学的书籍，特别是关于社会革命的，销场渐渐地增广了，文学，哲学反倒被压下去了；直到革命爆发为止。在这革命的时期，一切的价值都归于实际的行动；军士们的枪，宣传部的笔和舌，做了两个急先锋。只要一些大同小异的传单，小册子，便已足用；社会革命的书籍亦已无须，更不用提什么文学，哲学了。这时期"一切权力属于党"。在理论上，不独政治，军事是党所该管；你一切的生活，也都该党化。党的律是铁律，除遵守与服从外，不能说半个"不"字，个人——自我——是渺小的；在党的范围内发展，是认可的，在党的范围外，便是所谓"浪漫"了。这足以妨碍工作，为党所不能容忍。几年前，"浪漫"是一个好名字，现在它的意义却只剩了讽刺与诅咒。"浪漫"是让自己蓬蓬勃勃的情感尽量发泄，这样扩大了自己。但现在要的是工作，蓬蓬勃勃的情感是无训练的，不能发生实际效用；现在是紧急的时期，用不着这种不紧急的东西。持续的，强韧的，有组织的工作，在理知的权威领导之下，向前进行：这是今日的教义。党便是这种理知的权威之具体化。党所要求于个人的是牺牲，是无条件的牺牲。一个人得按着党的方式而生活，想自出心裁，是不行的。

现在革命的进行虽是混乱，有时甚至失掉革命的意义；但在暗中 Class Struggle 似乎是很激烈的。只要我们承认事实，无论你赞成与否，这Struggle是不断地在那边进行着的。来的终于要来，无论怎样诅咒，压迫，都不中用。这是一个世界波浪。固然，我丝毫不敢说这Struggle，便是就中国而言，何时结束，怎样结束；至于全世界，我更无从悬揣了。但这也许是杞忧吧？我总预想着我们阶级的灭亡，如火所说。这灭亡的到来，也许是我所不及见，但昔日的我们的繁荣，渐渐往衰颓的路上走，总可以眼睁睁看着的。这衰颓不能盼望在平和的假装下度了过去；既说Struggle，到了短兵相接的时候，说不得要露出狰狞的面目，毒辣的手段来的。枪与炸弹和血与肉打成一片的时候，总之是要来的。近来广州的事变，杀了那么些人，烧了那么些家屋，也许是大恐怖的开始吧！

　　自然，我们说，这种破坏是残忍的，只是残忍的而已！我们说，那一些人都是暴徒，他们毁掉了我们最好的东西——文化！"我们诅咒他们！""我们要复仇！"但这是我们的话，用我们的标准来评定的价值；而我们的标准建筑在我们的阶级意识上，是不用说的。他们是，在企图着打倒这阶级的全部，倘何有于区区评价的标准？我们的诅咒与怨毒，只是"我们的"诅咒与怨毒，他们是毫无认识的必要的。他们可以说，这是创造一个新世界的必要的历程！他们有他们评价的标准，他们的阶级意识反映在里边，也自有其理论上的完成。我们只是诅咒，怨毒，都不相干；要看总Struggle如何，才有分晓。不幸我觉得我们Struggle的力量，似已微弱；各方面自由的，自私的发展，失了集中的阵势。他们却是初出柙的猛虎，一切不顾忌地拼命上前肉搏；真专制的纪律将他们凝结成

第三章
慢下来，找到内心的依靠

铁一般的力量。现在虽还没有充足的经验，屡次败退下去；但在这样社会制度与情形之下，他们的人是只有一天天激增起来，势力愈积愈厚；暂时的挫折与牺牲，他们是未必在意的。而我们的基础，我虽然不愿意说，势所必至，会渐渐空虚起来；正如一座老建筑，虽然时常修葺，到底年代多了，终有被风雨打得坍倒的一日！那时我们的文化怎样？该大大地变形了吧？我们自然觉得可惜；这是多么空虚和野蛮呀！但事实不一定是空虚和野蛮，他们将正欣幸着老朽的打倒呢！正如历史上许多文化现已不存在，我们却看作当然一般，他们也将这样看我们吧？这便是所谓"后之视今，犹今之视昔！"我们看君政的消灭，当作快事，他们看民治的消灭，也当一样当作快事吧？那时我们灭亡，正如君主灭亡一般，在自然的眼里，正是一件稀松大平常的事而已。

我们的阶级，如我所预想的，是在向着灭亡走；但我为什么必得跟着？为什么不革自己的命，而甘于作时代的落伍者？我为这件事想过不止一次。我解剖自己，看清我是一个不配革命的人！这小半由于我的性格，大半由于我的素养；总之，可以说是运命规定的吧。——自然，运命这个名词，革命者是不肯说的。在性格上，我是一个因循的人，永远只能跟着而不能领着；我又是没有定见的人，只是东鳞西爪地渔猎一点儿；我是这样地爱变化，甚至说是学时髦，也可以的。这种性格使我在许多情形里感着矛盾；我之所以已到中年而百无一成者，以此。一面我虽不是生在什么富贵人家，也不是生在什么诗礼人家，从来没有阔过是真的；但我总不能不说是生在 Petty Bourgeoisie 里。我不是个突出的人，我不能超乎时代。我在 Petty Bourgeoisie 里活了三十年，我的情调，嗜好，思想，论理，与行为的方式，在在都是 Petty Bourgeoisie 的；我彻头彻尾，沦肌浃髓是 Petty Bourgeoisie 的。离开了 Petty Bourgeoisie，我没有血与肉。我也知道有些年岁比我大的人，本来也在 Petty Bourgeoisie 里的，竟一变到 Proletariat 去了。但我想这许是天才，而我不是的；这许是投机，而我也不能的。在歧路之前，我只有彷徨罢了。

我并非迷信着 Petty Bourgeoisie，只是不由你有些舍不下似的，而且事实上也不能舍下。我是生长在都市里的，没有扶过犁，拿过锄头，没有曝过毒日，淋过暴雨。我也没有锯过木头，打过铁；至于运转机器，我也毫无训练与忍耐。我不能预想这些工作的趣味；即使它们有一种我现在还不知道的趣味，我的体力也太不成，终于是无缘的。况且妻子儿女一大家，都指着我活，也不忍丢下了走自己的路。所以我想换一个生活，是不可能的，就是，想轧入 Proletariat，是不可能的。从一面看，可以说我大半是不能，小半还是不为；但也可以说，因了不能，才不为的。没有新生活，怎能有新的力去破坏，去创造？所以新时代的急先锋，断断没有我的份儿！但是我要活，我不能没有一个依据；于是回过头来，只好"敝帚自珍"。自然，因果的轮子若急转直下，新局面忽然的来，我或者被驱迫着去做那些不能做的工作，也未可知。那时怎样？我想会累死的！若反抗着不做，许就会饿死的。但那时一个阶级已在灭亡，一个人又何足轻重？我也大可不必蝎蝎螫螫地去顾虑了罢。

Proletariat 在革命的进行中，容许所谓 Petty Bourgeoisie 同行者；这是我也有资格参加的。但我又是个十二分自私的人；老实说，我对于自己以外的人，竟是不大有兴味顾虑的。便是妻子，儿女，也大半因了"生米已成熟饭"，才不得不用了廉价的同情，来维持着彼此的关系的。对于 Proletariat，我所能有的，至多也不过这种廉价的同情罢了，于他们丝毫不能有所帮助。火说得好：同情是非革命；严格论之，非革命简直可以说与反革命同科！至于比同情进一步，去参加一些轻而易举的行动，在我却颇为难。一个连妻子，儿女都无心照料的人，那能有闲情，余力去顾到别的在他觉着不相干的人呢？况且同行者也只是摇旗呐喊，领着的另有其人。他们只是跟着，远远地跟着；一面自己的阶级性还保留着。这结果仍然不免随着全阶级的灭亡而灭亡，不过可以晚一些罢了。而我懒惰地躲在自己的阶级里，以懒惰的同情自足，至多也只是灭亡。以自私的我看来，同一灭亡，我也就不必拗着自己的性儿去同行什么了。但为了自己的阶级，挺身与 Proletariat 去 Struggle 的事，自然也决不会有的。我若可以说是反革命，那是在消极的意义上。我是走着衰弱向灭亡的路；即使及身不至灭亡，我也是个落伍者。随你怎样批评，我就是这样的人。

我们的路

活在这时代的中国里的，总该比四万万还多——Bourgeoisie

与 Petty Bourgeoisie 的人数,总该也不少。他们这些人怎么活着?他们走的是那些路呢?我想那些不自觉的,暂时还在跟着老路走。他们或是迷信着老路,如遗老,绅士等;或是还没有发现新路,只盲目地照传统做着,如穷乡僻壤的农工等——时代的波浪还没有猛烈地向他们冲去,他们是不会意识着什么新的需要的。但遗老,绅士等的日子不多,而时代的洪流终于要泛滥到淹没了地上每一个细孔;所以这两种在我看都只是暂时的。我现在所要提出的,却是除此以外的人;这些人大半是住在都市里的。他们的第一种生活是政治,革命的或反革命的。这相反的两面实以阶级为背景,我想不用讳言。以现在的形势论:一方面虽还只在零碎 Struggle,却有一个整齐的战线;另一方面呢,虽说是总动员,却是分裂了旗帜各自拿着一块走,多少仍带着封建的精神的。他们战线的散漫参差,已渐渐显现出来了。暂时的成败,我固然不敢说;但最后的运命,似乎是已经决定了的,如上文所论。

我所要申述的,是这些人的另一种生活——文化。这文化不用说是都市的。说到现在中国的都市,我觉得最热闹的,最重要的,是广州,汉口,上海,北京四处,南京虽是新都,却是直到现在,似乎还单调得很;上海实在比南京重要得多,即以政治论,也是如此,看几月来的南方政局可知。若容我粗枝大叶地区分,我想说广州,汉口是这时代的政治都市;上海,北京虽也是政治都市,但同时却代表着这时代的文化,便与广州,汉口不同。它们是这时代的两个文化中心。我不想论政治,故也不想论广州,汉口;况且我也不熟悉这两个都市,足迹都还不曾一到呢。北京是我两年来住居的地方,见闻自然较近些。上海的新气象,我虽还没有看见,但从报纸,杂志上,从南来的友人的口中,也零零碎碎知道了一点儿。我便想就这两处,指出我说的那些人在走着那些路。我并不是板起脸来裁判,只申述自己的感想而已;所知的虽然简陋,或者也还不妨的。

在旧时代正在崩坏,新局面尚未到来的时候,衰颓与骚动使得大家惶惶然。革命者是无意或有意造成这惶惶然的人,自然是例外。只有参加革命或反革命,才能解决这惶惶然。不能或不愿参加这种实际行动时,便只有暂时逃避的一法。这是要了平和的假装,遮掩住那惶惶然,使自己麻醉着忘记了去。享乐是最有效的麻醉剂;学术,文学,艺术,也是足以消灭精力的场所。所以那些没法奈何的人,我想都将向这三条路里躲了进去。这样,对于实际政治,便好落得个不闻理乱。虽然这只是暂时的,到了究竟,理乱总有使你不能不闻的一天;但总结账的日子既还没有到来,徒然地惶惶然,白白地耽搁着,又算什么呢?乐得暂时忘记,做些自己爱做的事业;就是将来轮着灭亡,也总算有过称心的日子,不白活了一生。这种情形是历史的事实;我想我们现在多少是在给这件历史的事实,提供一个新例子。不过我得指出,学术,文学,艺术,在一个兴盛的时代,也有长足的发展的,那是个顺势,不足为奇;在现在这样一个衰颓或交替的时代,我们却有这样畸形的发展,是值得想一想的。

上海本是享乐的地方;所谓"十里洋场",常为人所艳称。她因商业繁盛,成了资本集中的所在,可以说是 Bourgeoisie 的中国本部；一面因国际交通的关系，输入西方的物质文明也最多。所以享乐的要求比别处都迫切，而享乐的方法也日新月异。这是向来的情形。可是在这号为兵连祸结，民穷财尽的今日，上海又如何？据我所知，革命似乎还不曾革掉了什么；只有踵事增华，较前更甚罢了。如大华饭店和云裳公司等处的生涯鼎盛，可见 Bourgeoisie 与 Petty Bourgeoisie 的疯狂；而且，假使我所闻的不错，云裳公司还是由几个 Petty Bourgeoisie 的名士主持着，在这回革命后才开起来的。他们似乎在提倡着这种享乐的风气。假使衣食住可以说是文化的一部分，大华饭店与云裳公司等，足可代表上海文化的一面。你说这是美化的人生。但懂得这道理的，能有几人？还不是及时行乐，得过且过的多！况且如此的美化人生，是不是带着阶级味？然而无论如何，在最近的将来，这种情形怕只有蒸蒸日上的。我想，这也许是我们的时代的回光返照吧？北京没有上海的经济环境，自然也没有她的繁华。但近年来南化与欧化——南化其实就是上海化，上海化又多半是欧化；总之，可说是 Bourgeoisie 化——一天比一天流行。虽还只跟着上海走，究竟也跟着了；将来的运命在，这一点上，怕与上海多少相同。

但上海的文化，还有另外重要的一面，那是文学。新文学的作家，有许多住在上海；重要的文学集团，也多在上海——现在更如此。近年又开了几家书店，北新，开明，光华，新月等——出的文学书真不少，可称一时之盛。北京呢，算是新文学的策源地，作家原也很多；两三年来，有现代评论，语丝，可作重要的代表。而北新总局本在北京；她又介绍了不少的新作家。所以颇有兴旺之象。不料去年现代评论，语丝先后南迁，北新被封闭，作家们也纷纷南下观光，一时顿觉寂寞起来。现在只剩未名，古城等几种刊物及古城书店，暂时支撑这个场面。我想，北京这样一个"古城"，这样一个大都会，在这样的时代，断不会长远寂寞下去的。

新文学的诞生，引起了思想的革命；这是近十年来这新时代的起头——所以特别有着广大长远的势力。直到两三年前，社会革命的火焰渐渐燃烧起来，一般青年都预想着革命的趣味；这时候所有的是忙碌和紧张，欣赏的闲情，只好暂时搁起。他们要的是实行的参考书；社会革命的书籍的流行，一时超过了文学；直到这时候，文学的风起云涌的声势，才被盖了下去。记得前年夏天在上海，《我们的六月》刚在亚东出版。鄄有一天问我销得如何？他接着说，现在怕没有多少人要看这种东西了吧？这可见当时风气的一斑了。但是很奇怪，在革命后的这一年间，文学却不但没有更加衰落下去，反像有了复兴的样子。只看一看北新，开明等几书店新出版的书籍目录，你就知道我的话不是无稽之谈。更奇怪的，社会革命烧起了火焰以后，文学因为是非革命的，是不急之务，所以被搁置着；但一面便有人提倡革命文学。革命文学的呼声一天比一天高，同着热情与切望。直到现在，算已是革命的时代，这种文学在理在势，都该出现了；而我们何以还没有看见呢？我的见闻浅陋，是不用说的；但有熟悉近年文坛的朋友与我说起，也以千呼万唤的革命文学还不出来为奇。一面文学的复兴却已成了事实；这复兴后的文学又如何呢？据说还是跟着从前 Petty Bourgeoisie 的系统，一贯地发展着的。直到最近，才有了描写，分析这时代革命生活的小说；但似乎也只能算是所谓同行者的情调罢了。真正的革命文学是，还没有一些影儿，不，还没有一些信儿呢！

这自然也有辩解。真正革命的阶级是只知道革命的：他们的眼，见的是革命，他们的手，做的是革命；他们忙碌着，紧张着，革命是他们的全世界。文学在现在的他们，还只是不相干的东西。再则，他们将来虽势所必至地需要一种文学——许是一种宣传的文学——，但现在的他们的趣味还浮浅得很，他们的喉舌也还笨拙得很，他们是不能创作出什么来的。因此，在这上面暂时留下了一段空白。而 Petty Bourgeoisie，在革命的前夜，原有很多人甘心丢了他们的学术，文学，艺术，想去一试身手的；但到了革命开始以后，真正去的是那些有充足的力量，有浓厚的兴趣的。此外的大概观望一些时，感到自己的缺乏，便废然而返了。他们的精神既无所依据，自然只有回到学术，文学，艺术的老路上去，以避免那惶惶然的袭来。所以文学的复兴，也是一种当然。一面革命的书籍似乎已不如前几年的流行；这大约因为革命的已去革命，不革命的也已不革命了的缘故吧。因而文学书的需要的增加，也正是意中事。但时代潮流所激荡，加以文坛上革命文学的绝叫，描写革命气氛的作品，现在虽然才有端倪，此后总该渐渐地多起来的吧。至于真正的革命文学，怕不到革命成功时，不会成为风气。在相反的方向，因期待过切，忍耐过久而失望，绝望，因而诅咒革命的文学，我想也

第三章
慢下来,找到内心的依靠

不免会有的,虽然不至于太多。总之,无论怎样发展,这时代的文学里以惶惶然的心情做骨子的,Petty Bourgeoisie 的气氛,是将愈过愈显然的。

胡适之先生真是个开风气的人;他提倡了新文学,又提倡新国学。陈西滢先生在他的《闲话》里,深以他正向前走着,忽又走了回去为可惜。但我以为这不过是思想解放的两面,都是疑古与贵我的精神的表现。国学成为一个新运动,是在文学后一两年。但这原是我们这爿老店里最富裕的货色,而且一向就有许多人捧着;现在虽加入些西法,但国学到底是国法,所以极合一般人的脾胃。我说"一般人",因为从前的国学还只是一部分人的专业,这一来却成为普遍的风气,青年们也纷纷加入,算是时髦的东西了。这一层胡先生后来似颇不以为然。他前年在北大研究所国学门恳亲会的席上,曾说研究国学,只是要知道"此路不通",并不是要找出新路;而一般青年丢了要紧的工夫不做,都来拥挤在这条死路上,真是很可惜的。但直到现在,我们知道,研究学术原不必计较什么死活的;所以胡先生虽是不以为然,风气还是一直推移下去。这种新国学运动的方向,我想可以胡先生的"历史癖与考据癖"一语括之。不过现在这种"历史癖与考据癖"要用在一切国故上,决不容许前人尊经重史的偏见。顾颉刚先生在北京大学研究所国学门周刊的《一九二六始刊词》里,说这个意思最是明白。这是一个大解放,大扩展。参加者之多,这怕也是一个重要原因。这运动盛于北京,但在上海也有不小的势力。它虽然比新文学运动起来得晚些,而因了固有的优势与新增的范围，不久也就赶上前去，骎骎乎与后者并驾齐驱了。新文学销沉的时候，它也以相同的理由销沉着，但现在似乎又同样地复兴起来了——看年来新出版的书目，也就可以知道的。国学比文学更远于现实；担心着政治风的袭来的，这是个更安全的逃避所。所以我猜，此后的参加者或者还要多起来的。

此外还有一件比较小的事，这两年住在北京的人，不论留心与否，总该觉着的。这就是绘画展览会，特别是国画展览会。你只要常看报，或常走过中山公园，就会一次两次地看见这种展览会的记载或广告的。由一而再，再而三的展览，我推想高兴去看的人大约很多。而国画的售值不断地增高，也是另一面的证据。上海虽不及北京热闹，但似乎也常有这种展览会，不过不偏重国画罢了。最近我知道，就有陶元庆先生，刘海粟先生两个展览会，可以作例。艺术与文学，可以说同是象牙塔中的货色；而艺术对于政治，经济的影响，是更为间接些，因之，更为安静些。所以这条路将来也不会冷落的。但是艺术中的绘画何以独盛？国画又何以比洋画盛？我想，国画与国学一样，在社会里是有根柢的，是合于一般人脾胃的。可是洋画经多年的提倡与传习，现在也渐能引起人的注意。所以这回"海粟画展"，竟有人买他的洋画去收藏的。（见北京《晨报·星期画报》）至于同是艺术的音乐，戏剧，则因人才，设备都欠缺，故无甚进展可言。国乐，国剧虽有多大的势力，但当作艺术而加以研究的，直到现在，也还极少。这或者等待着比较的研究，也未可知。

第三章
慢下来，找到内心的依靠

这是我所知的，上海，北京的 Bourgeoisie，与 Petty Bourgeoisie 里的非革命者——特别是这种人——现在所走的路。自然，科学，艺术的范围极广，将来的路也许会多起来。不过在这样扰攘的时代，那些在我们社会里根柢较浅，又需要浩大的设备的，如自然科学，戏剧等，怕暂时总还难成为风气吧？——我说的虽是上海，北京，但相信可以代表这时代精神的一面——文化。我们若可以说广州，汉口是偏在革命的一面，上海，北京便偏在非革命的一面了。这种大都市的生活样式，正如高屋建瓴水，它的影响会迅速地伸张到各处。你若承认从前京式的靴鞋，现在上海式装束的势力，你就明白现在上海，北京的风气，将会并且已经怎样弥漫到别的地方了。

在这三条路里，我将选择那一条呢？我惭愧自己是个"爱博而情不专"的人；虽老想着只选定一条路，却总丢不下别的。我从前本是学哲学的，而同时舍不下文学。后来因为自己的科学根柢太差，索性丢开了哲学，走向文学方面来。但是文学的范围又怎样大！我是一直随随便便，零零碎碎地读些，写些，不曾认真做过什么工夫。结果是只有一点儿——一点儿都没有！驳杂与因循是我的大敌人。现在年龄是加长了，又遇着这样"动摇"的时代，我既不能参加革命或反革命，总得找一个依据，才可姑作安心地过日子。我是想找一件事，钻了进去，消磨了这一生。我终于在国学里找着了一个题目，开始像小儿的学步。这正是望"死路"上走；但我乐意这么走，也就没有法子。不过我又是个乐意弄弄笔头的人；虽是当此危局，还不能认真地严格地专走一条路——我还得要写些，写些我自己的阶级，我自己的过，现，未三时代。一劲儿闷着，我是活不了的。胡适之先生在《我的歧路》里说："哲学是我的职业，文学是我的娱乐"；我想套着他的调子说："国学是我的职业，文学是我的娱乐。"这便是现在我走着的路。至于究竟能够走到何处，是全然不知道，全然没有把握的。我的才力短，那不过走得近些罢了；但革命期的破坏若积极进行，报纸所载的远方可怕的事实，若由运命的指挥，渐渐地逼到我住的所在，那么，我的身家性命还不知是谁的，还说什么路不路！即使身家性命保全了，而因生计窘迫的关系，也许让你不得不把全部的精力专用在衣食住上，那却是真的"死路"。实在也说不上什么路不路！此外，革命若出乎意表地迅速地成了功，我们全阶级的没落就将开始，那是更用不着说什么路的！但这一层究竟还是"出乎意表"的事，暂可不论；以上两层却并不是渺茫不可把捉的，浪漫的将来，是从现在的事实看，说来就"来了"的。所以我虽定下了自己好走的路，却依旧要虑到"那里走？""那里走！"两个问题上去！我也知道这种忧虑没有一点用，但禁不住它时时地袭来；只要有些余暇，它就来盘踞心头，挥也挥不去。若许我用一个过了时的名字，这大约就是所谓"烦闷"吧。不过前几年的烦闷是理想的，浪漫的，多少可以温馨着的；这时代的是，加以我的年龄，更为实际的，纠纷的。我说过阴影，这也就是我的阴影。我想，便是这个，也该是向着灭亡走的我们的运命吧？

第四章
做你喜欢的事，永远都不晚

青年人勿以入学考试时所填的一个志愿就定了终身。
当初所填的志愿，只可当作暂时的方向。
你只要跟着自己的兴趣走，依着"性之所近，力之所能"学下去，那么你未来对国家的贡献也许比现在盲目所选的，或被动选择的学科会大得多。

我已经七十五岁了,我还有理想 / 冯骥才

"答谢"这两个字是我们中国人经常挂在嘴边的,我不知道该怎么用谢谢来表达我这一刻心里沉甸甸的、对每一位的真情厚意。很美好的感觉。一些著名的艺术家、我很尊敬的艺术家,都是有思想的人。我们坐在一起,大家向我送雕塑、送画,对我说了那么多好话,有点像个庆功会了,我怎么表达?很难表达出心里的东西,心里的东西还是放在心里最好。德国艺术家这么好的画,美林这么好的雕塑,铁凝这么知己的话。几十年的朋友了,她的讲话,是用心来体会我所做的事情、我的想法,我很感动。朋友之间就是知己,朋友的价值就是他理解你,真正理解你的想法和你所做的事情。

我是一个跨时代的人,我身上时代的东西太多。王蒙说,他身上充满了政治的历史和历史的政治。我跟他有一点儿不同,我太多地对时代干预,当然,我也太多地受到了时代对我的人生和命运的干预。我是一个历史和时代的亲历者、参与者和记录者。在这个时代和社会发生巨大转型的时候,我投入了文学。当文化发生转型的

第四章
做你喜欢的事，永远都不晚

时候，我投身到文化。

我对这块土地上的人感情太深了，所以我的文学更关注普通小人物的命运。我记得八十年代末九十年代初的时候，俄罗斯作家、《这里的黎明静悄悄》作者鲍里斯·瓦西里耶夫，托《光明日报》记者给我带来一个信儿，说他对我关切小人物的命运表示敬意。是，我是关切小人物，恐怕也是因为对这块土地的人民的文化太关切了。由于民间文化是人民的文化，所以当大地上的文化遭遇冲击、风雨飘摇的时候，大量的传承人几乎艺绝人亡的时候，我们一定要伸以援手。这都是情不自禁的。

我今年七十五岁了，人的年龄就像大自然的四季一样，往往不知不觉就进入了下一个季节。你还觉得自己是中年人，可年龄上你已经是老年人了。这个时候我们必须要做的事情，就是总结自己，我们要活得明白。尤其是知识分子。知识分子是天生背负着使命到这世界上来的。他就得追求纯粹，他就得洁身自好，他就是理想主义者，他当然也是唯美主义者。我觉得这就是知识分子。到了这个年龄一定要总结自己。

我刚才说，今天的会有点庆功的气氛。冯骥才是不是要给自己树碑立传了？是不是他要享受一点儿马斯洛说的那种成就感？我想，冯骥才还不至于这么无聊。我更希望的是对自己做一个总结。

我的文学，我所写的这几百万字究竟怎样？五年前，我在北京办了一个展览，叫作"四驾马车"，它是我从事的四个方面的工作：文学、绘画、文化遗产保护和教育。我说，不是四匹马拉着我,是我拉着四驾马车。这四驾马车,哪一驾马车我到今天都没有放手,因为它们都走进了我的生命,我放不开。我知道我的事业只有生命能给它画上句号,我没有权力画句号。

可是,我现在有一个问题。今年我到西安去,想沿着丝路,从西安走到麦积山,再走到河西走廊。我想看希腊化的犍陀罗佛教造像,经过塔克拉玛干沙漠的南道北道,穿过河西走廊,再进入中原的一个渐变的中国化的过程。

我必须要去一趟麦积山,但是我走到彬县的唐代大佛寺,去年被评上世界文化遗产的地方,我发现一个问题,高的台阶我上不去了。我的同行者说,冯骥才,照这么看,麦积山你绝对上不去。

是的,近两年我跑田野的时间少了,不知不觉在书斋的时间长了,于是我的文学冒出来了。所以我这两年写了四部非虚构的作品,包括我写韩美林的一部口述史。我还写了一部文化随笔《意大利读画记》,一部小说《俗世奇人·贰》,总共六部文学作品。媒体说了,冯骥才转型了,掉头回到了文学。是不是我真要回到文学了?我不知道。文学和文化遗产对于今天的我孰轻孰重,我希望大家帮着我思考。

文化遗产抢救不是冯骥才一个人做的,是我们一代人做的。我们在九十年代抢救天津地方的城市文化;进入新世纪初,我们这一批学者发誓要对中国九百六十万平方公里五十六个民族的一切民间文化进行地毯式的、盘清家底的普查。这第一批学者当时很年轻,现在都有点老了,潘鲁生、乔晓光、樊宇、曹保明、刘铁梁,这批专家都有点老了。乌丙安老师今年九十岁了，他来了我很感动，我们十几年前一起爬到了晋中后沟村的山顶上。二〇一五年我邀请了这些专家，重新在后沟村聚一聚，我们聚一聚干什么，只是重温昨天吗？不是，我们要找回当年的状态。

我希望找到八十年代对文学的激情，我希望找到世纪初我们对文化的那种心中的圣火，找出知识分子的那种纯粹感，找出我们内心的纯洁。当时我写了一篇文章，里面有一句话，我说："人最有力量的是背上的脊梁，知识分子是脊梁中间那块骨头。"

我们做的事情是前无古人的。我们的精英文化有《四库全书》做过整理。但是，我们七千年以上农耕文明历史的大地上的创造的多彩灿烂的文化从来没做过整理。这些文化大多数我们不知道。在普查时我说过一句话："对大地上的民间文化，我们不知道的远远比我们知道的多得多，无论你是多大的一个学者，都是一样。"可是我们在做这样的文化调查的时候，没有任何依据。前人没有给我们留下经验，在世界上也找不到可以借鉴的方法，没有一个国家做过这样的事情。只有法国人，马尔罗做文化部长的时候，他做过法国的文化普查，但不是民间文化普查，他基本是文物普查。所以我们做的事情是没有依据的，全要靠我们创造的，概念要创造、方法要创造、标准要创造、理论要创造、思想要创造。尤其是思想。

支持我们的是思想。

我特别觉得这三个词儿好：先觉、先倡、先行。这三个概念里边都有先。你凭什么先觉？你凭思想先觉。大学又是一个能够静下来思考的地方,所以我把一部分精力还要放在上面,还要思考。和大家一起思考。思考未来,思辨现在,反思过去。反思我们的工作,也反思自己。

我已经七十五岁了,我还有理想。

在对我进行总结时,我求助于你们,你们是我的镜子,你们将影响我今后的选择。

因此又回到刚开始那句关于"谢谢"的话题,我想大家都知道我这句话在我心里的分量了。所以我真心地、由衷地向大家致谢。

不服老 / 李广田

他今年已经七十岁了。

"人生七十古来稀",他对于这句话很不以为然,他似乎和古人争辩似的,总爱说:"这到底是古人的事呵!"他说他感到活得正有意思,他满心希望再活几十年。

从年龄,从体力来说,他却是应该休息的,可是他坚决反对这种意见。前两年,还有人劝他退休,现在谁也不敢再这样进言了,如果谁要这样说,他是会生气的。他以严肃的微笑问道:"这么着,难道社会主义就不要我了吗?我已经变成废物了吗?"就是劝他少上些课,也不行。他现在每周还有六节课,这是列入课表之内的正课。此外,他每周还给学校干部上几节业余课。两种课,一样认真,一样负责。万一有干部同志因事不到或迟到,他满布皱纹的脸上就表现出很不高兴的样子,虽然没有责备的言辞,可是比指名批评还使人不安。至于对待学生,那更是一丝不苟,虽然有助教,他还是事必躬亲,连学生的作业他也一一看过。他常常对青年人说，他在这个大学教书，已经三十多年了，可是，解放以前，他就不知道为什么必须把书教好，现在才算真正懂得了。因此，他必须工作，必须把工作做好，他以能坚持工作为最大的快乐。他感到越工作越有劲头，万一不让他工作了，他也许会马上就完了。他现在没有任何心事，他要一直工作到死，算作他对于党，对于新社会的一点唯一可能的贡献。

他是一个闲不住的人，他自己生活中的事务，都是他自己料理。实际上，他总是超出了自己的范围，例如扫地，他把自己房子里打扫得一干二净，这还不算，他还要把自己房子周围也打扫一番。他住宅附近的大路是应该由学生轮流扫除的，可是，如果扫得不够干净，或者有人在路上丢了什么脏东西，他不发现则已，看见了就及时打扫。这促使那些轮值扫除的人不得不益发认真。多少年来，他喜欢种花，他的房前房后，一年四季都不断有鲜花开放。从前，他也爱培植草地，真是绿草如茵，杂花似锦，近年来由于大家都积极种菜，他也就把草地改为菜地了。或早或晚，他总爱一个人徜徉于这红红绿绿的园地中间，他对着这一片充满生机的园地，感到无限喜悦。他常说："教书先生看到自己的学生一天天成长，旧的一批一批地走了，新的一批一批地又来了，也正是这样叫人高兴。"

他热爱学校，他熟悉学校的历史，和学校的一草一木。对于新来的教师和学生，他总爱对他们指指点点，说："你们知道吗？从前这里是一道古老的城墙，它被我们打倒了，我们在城墙的地基

第四章
做你喜欢的事,永远都不晚

上盖了图书馆、科学馆。我们学校,从城墙上跨过去,又跨过了马路,向北,一直发展到铁路旁边。从前,城墙外面是荒冢累累,蔓草縈骨,现在是高楼大厦,弦诵不辍,就是你们宿舍所在,从前也是狐兔出没的地方。从前,我们系上的先生比学生多,有时上课,教师面对一个学生讲书,假如那个学生旷课,教师也就乐得休息。那时候,也叫做大学,可是办大学的目的是什么?先生为什么教?学生为什么学?谁也不知道,或者不愿意知道。现在,我们社会主义大学,就从根本上改变了,连我这个老人,也在党的教育之下,大大改变了。从前,我一个人,百无聊赖,也曾于夕阳西下时徘徊于荒烟蔓草之间,看到了那些荒坟,也曾想还不如速朽的好些。可是,我居然活下来了,我是多么愿意活下去,多么愿意看见新生事物不断生长,我自己也感到变年轻了。"

是的,他是一个人,没有人问到他的家庭,他也从来不对人谈起这类事,仿佛这中间有什么隐痛不愿意触及似的。可是他现在并不孤单,他高兴起来就对人说:"我以国为家,以集体为家,以学校为家;以同志为家人,以同学为子弟。"他说这些话,真是充满了感情。他应当说是学校的元老,我们都很尊敬他,虽然他除教书外不负其他责任,我们都经常向他请教,和他商量学校中的问题。他从来不以元老自居,愿意见到的和想到的告诉我们,甚至连极为琐碎的事也不放过。他会告诉我:某个地方的电线坏了,应当及时修理,以免出事;或者春天到了,某个地方应当补种些什么树木;或者应当及时修剪什么花枝,等等。他有时也喜欢出去看看京戏,可是他严守一条规律，晚上九点半一定退场，赶回学校，十点钟一定睡觉。看戏，当然精彩的部分都在后边，不看是可惜的，因之，他每每与另一个同志约定，当他中途退场时，那个人就替他看后半场。他开玩笑似的对人说："事情就是这样，前人看坏戏，后人看好戏。我们过去自己也演过一些不大精彩的戏，你们——后一代，就要演得更精彩了，事情就是这样。"

　　他是一个有信心的人。他相信党和党所领导的事业，他相信社会主义和共产主义，他把他的生活、工作、理想，和社会主义事业紧密地结合在一起。这就是他生命中的力量，这就是他以垂老之年而又获得生活力量的原因。有一次，党委书记对他说："老先生，你一定能活到共产主义，但愿你到那个时候还能够为共产主义服务。"他对于这句话高兴极了，他真是这么希望的，他相信人活到今天可以长寿。因为他这么相信，所以他把事物看得很具体。有一次，他对我说："你看，我门前这一条又平坦又光洁的大路，从前是没有的，现在路边两行树，十几年来已经长大了，真是树木交荫，好鸟时鸣。我朝夕在这里走着，我常想，这就是社会主义的大路，我有时把这条路想得很远很远，仿佛一直可以走到海边，走到天边似的。"事情就是这样。

　　是啊，我们经常看见他在这条大路上散步，他那伛偻着的身影，令人很自然地想到，他应当拄一根手杖。我在这里应当趁便补叙一笔，他确很喜欢手杖，他在解放前曾经买过各种各样的手杖，竹的，木的，藤的，金属的，实心的，空心的，里边藏着长刀的等等。他可以开一个手杖展览会,他现在却从来不用手杖。"策扶老以流憩,时矫首而遐观。"他确是常常驻足远眺,像望着遥远的一个美好的所在,但是他不策"扶老"。我要趁此机会,以十分尊敬的心情,向老先生开一次玩笑,喊他一声"不服老"。

画像 / 老舍

前些日子,方二哥在公园里开过"个展",有字有画,画又分中画西画两部。第一天到会参观的有三千多人,气晕了多一半,当时死了四五十位。

据我看,方二哥的字确是不坏,因为墨色很黑,而且缺着笔划的字也还不算多。可是方二哥自己偏说他的画好。在"个展"中,中画的杰作——他自己规定的——是一张人物。松树底下坐着俩老头儿。确是松树,因为他题的是"松声琴韵"。他题的是松,我要是说像榆树,不是找着打架吗?所以我一看见标题就承认了那是松树:为朋友的面子有时候也得叫良心藏起一会儿去。对于哪俩老头儿,我可是没法不言语了。方二哥的俩老头儿是一顺边坐着,大小一样,衣装一样,方向一样,活像是先画了一个,然后又照描了一个。"这是怎么个讲究?"我问他。

"这?俩老头儿鼓琴!"他毫不迟疑的回答。

"为什么一模一样?"我问的是。

第四章
做你喜欢的事,永远都不晚

"怎么?不许一模一样吗?"他的眼里已然冒着点火。"那么你不会画一个向左,一个向右?"

"讲究画成一样!这是艺术!"他冷笑着。

我不敢再问了,他这是艺术。

又去看西画。他还跟着我。虽然他不很满意我刚才的质问,可究竟是老朋友,不好登时大发脾气。再说,我已承认了他这是艺术。

西画的杰作,他指给我,是油画的几颗鸡冠花,花下有几个黑球。不知为什么标签上只写了鸡冠花,而没管那些黑球。要不是先看了标签,要命我也想不起鸡冠花来——一些红道子夹着蓝道子,我最初以为是阴丹士林布衫上洒了狗血,后来才悟过来那是我永不能承认的鸡冠花。那些黑球是什么呢?不能也是鸡冠花吧?我不能不问了,不问太憋得慌。"那些黑玩艺是什么?"

"黑玩艺?!!!"他气得直瞪眼:"那是鸡!你站远点看!"

我退了十几步,歪着头来回的端详,还是黑球。可是为保全我的性命,我改了嘴:"可不是鸡!一边儿大,一样的黑;这是艺术!"

方二哥天真的笑了:"这是艺术。好了,这张送给你了!"

我可怪不好意思接受,他这张标价是一千五百元呢。送点小礼物,我们俩的交情确是过得着;一千五,这可不敢当!况且拿回家去,再把老人们气死一两位,也不合算。我不敢要。

我正谦谢,方二哥得了灵感:"不要这张也好,另给你画一张,我得给你画像;你的脸艺术!"

我心里凉了！不用说，我的脸不是像块砖头，就是像个黑蛋。要不然方二哥怎说它长得艺术呢？我设尽方法拦阻他：没工夫；不够被画的资格；坐定了就抽疯……他不听这一套，非画不可；第二天还就得开始，灵感一到，机关枪也挡不住；不画就非疯了不可！我没了办法。为避免自己的脸变成黑蛋，而叫方二哥入疯人院，我不忍。画就画吧。我可是绕着弯儿递了个口语："二哥，可画细致一点。家里的人不懂艺术，他们专看像不像。我自己倒没什么，你就画个黑球而说是我，我也能欣赏。"

"艺术是艺术，管他们呢！"方二哥说，"明天早晨八点，一准！"

我没说出什么来，一天没吃饭。

第二天，还没到八点，方二哥就来了；灵感催的。喝，拿着的东西多了，都挂着颜色。把东西堆在桌上，他开始惩治我。叫我坐定不动，脸儿偏着，脖子扭着，手放在膝上，别动，连眼珠都别动。我吓开了神。他进三步，退两步，向左歪头，抓抓头发，又向右看，挤挤眼睛。闹腾了半点多钟，他说我的鼻子长的不对。得换个方向，给鼻子点光。我换过方向来，他过来弹弹我的脑门，拉拉耳朵，往上兜兜鼻子，按按头发；然后告诉我不要再动。我不敢动。他又退后细看，头上出了汗。还不行，我的眼不对。得换个方向，给眼睛点光。我忍不住了，我把他推在椅子上，照样弹了他的脑门，拉了他的耳朵……"我给你画吧！"我说。

为艺术，他不能跟我赌气。他央告我再坐下："就画，就画！"

我又坐好,他真动了笔。一劲嘱咐我别动。瞪我一眼,回过头去抹一个黑蛋;又瞪我一眼,在黑蛋上戳上几个绿点;又回过头来,向我的鼻子咧嘴,好像我的鼻子有毒似的。画了一点多钟,他累得不行了,非休息不可,仿佛我歪着头倒使他脖子酸了。我一边揉着脖子,一边去细看他画了什么。很简单,几个小黑蛋凑成的一个大黑蛋,黑蛋上有些高起的绿点。

"这是不是煤球上长着点青苔?"我问。

"别忙啊,还得画十天呢。"他看着大煤球出神。"十天?我还得坐十天?"

"啊!"

当天下午,我上了天津。两天后,家中来信说:方二哥疯了。疯了就疯了吧,我有什么办法呢?

余生很长，
　别慌张，别失望．2

写字 / 老舍

　　假若我是个洋鬼子，我一定也得以为中国字有趣。换个样儿说，一个中国人而不会写笔好字，必定觉得不是味儿；所以我常不得劲儿。

　　写字算不算一种艺术，和作官算不算革命，我都弄不清楚。我只知道好字看着顺眼。顺眼当然不一定就是美，正如我老看自己的鼻子顺眼而不能自居姓艺名术字子美。可是顺眼也不算坏事，还没有人因为鼻子长得顺眼而去投河。再说，顺眼也颇不容易；无论你怎样自居为宝玉，你的鼻子没有我的这么顺眼，就干脆没办法；我的鼻子是天生带来的，不是在医院安上的。说到写字，写一笔漂亮字儿，不容易。工夫，天才，都得有点。这两样，我都有，可就是没人求我写字，真叫人起急！

　　看着别人写，个儿是个儿，笔力是笔力，真馋得慌。尤其堵得慌的是看着人家往张先生或李先生那里送纸，还得作揖，说好话，甚至于请吃饭。没人理我。我给人家作揖，人家还把纸藏起去。写

第四章
做你喜欢的事，永远都不晚

好了扇子，白送给人家，人家道完谢，去另换扇面。气死人不偿命，简直的是！

只有一个办法：遇上丧事必送挽联，遇上喜事必送红对，自己写。敢不挂，玩命！人家也知道这个，哪敢不挂？可是挂在什么地方就大有分寸了。我老得到不见阳光，或厕所附近，找我写的东西去。行一回人情总得头疼两天。

顶伤心的是我并不是不用心写呀。哼，越使劲越糟！纸是好纸，墨是好墨，笔是好笔，工具满对得起人。写的时候，焚上香，开开窗户，还先读读碑帖。一笔不苟，横平竖直；挂起来看吧，一串倭瓜，没劲！不是这个大那个小，就是歪着一个。行列有时像歪脖树，有时像曲线美。整齐自然不是美的要素；要命是个个字像傻蛋，怎么耍俏怎么不行。纸算糟蹋远了去啦。要讲成绩的话，我就有一样好处，比别人糟蹋的纸多。

可是，"东风常向北，北风也有转南时"，我也出过两回锋头。一回是在英国一个乡村里。有位英国朋友死了，因为在中国住过几年，所以留下遗言。墓碣上要几个中国字。我去吊丧，死鬼的太太就这么跟我一提。我晓得运气来了，登时包办下来；马上回伦敦取笔墨砚，紧跟着跑回去，当众开彩。全村子的人横是差不多都来了吧，只有我会写；我还告诉他们：我不仅是会写，而且写得好。写完了，我就给他们掰开揉碎的一讲，这笔有什么讲究，哪笔有什么讲究。他们的眼睛都睁得圆圆的，眼珠里满是惊叹号。我一直痛快了半个多月。后来，我那几个字真刻在石头上了，一点也不瞎吹。"光荣是中国的,艺术之神多着一位。天上落下白米饭,小鬼儿啊啊的哭;因为仓颉泄露了天机!"我还记得作了这样高伟的诗。

第二回是在中国,这就更不容易了。前年我到远处去讲演。那里没有一个我的熟人。讲演完了,大家以为我很有学问,我就棍打腿的声明自己的学问很大,他们提什么我总知道,不知道的假装一笑,作为不便于说,他们简直不晓得我吃几碗干饭了,我更不便于告诉他们。提到写字,我又那么一笑。喝,不大会儿,玉版宣来了一堆。我差点乐疯了。平常老是自己买纸,这回我可捞着了!我也相信这次必能写得好:平常总是拿着劲,放不开胆,所以写得不自然;这次我给他个信马由缰,随笔写来,必有佳作。中堂,屏条,对联,写多了,直写了半天。写得确是不坏,大家也都说好。就是在我辞别的时候,我看出点毛病来:好些人跟招待我的人嘀咕,我很听见了几句:"别叫这小子走!""那怎好意思?""叫他赔纸!""算了吧,他从老远来的。"……招待员总算懂眼,知道我确是卖了力气写的,所以大家没一定叫我赔纸;到如今我还以为这一次我的成绩顶好,从量上质上说都下得去。无论怎么说,总算我过了瘾。

我知道自己的字不行,可有一层,谁的孩子谁不爱呢!是不是,二哥?

第四章
做你喜欢的事，永远都不晚

一个画家 / 李广田

他出生于鲁南山村中的农家。他的幼年时代就是一个小农人。现在他已是中年时期的人了，我们若说他仍然保持着那份可爱的农民气质，也该是很恰当的。他不但自幼就生活在农村的自然风物中，而且亲自看见过并参加过那种艰难困苦的农家生活。他知道，山地的石头是坚硬的，山里的道路是崎岖的，然而那些细弱的山泉要把那坚硬的石头刷得极其光滑，又在山里冲激成永远流不竭的河道，而那些农民的脚板，也由于永不停息地踏来踏去，也把石头磨出光亮，把山地的道路踏得平滑了。同样的，是他所熟悉的农家生活，他们，农家，是必须终年累月，用忍耐，用恒心，来对付那一份逃脱不开的艰辛的日子。固然，先天的原因也许重要，而这些后天的生活环境，对于造成他的艰苦卓绝的精神这一点上，当然有着更大的影响。读者之中有谁是认识这位画家的吗？那么就请你再认识他一番吧：个儿是矮矮的，脸庞是瘦瘦的而又黑黑的，头发是短短的，而一双手却是挺拔而有力的，仿佛是时时刻刻在想抓碎什么东西似的——那就正如一个农民的手,要紧紧地握住锄把或犁柄,而现在,他却要把那一双手去紧握住画家的工具,一支笔——而他的衣服,就如现在,他也就只穿了一套草绿色的短服,那自然不像一个兵士,也不像一个艺术家,而只是一个农民,或者说,正如抗战期中的一个农民游击队员。

在北方,尤其在山村中,一个农家子弟想顺利地受完高等教育是很不容易的,尤其是一个学画儿的人,就更其困难。"养鸟不如喂鸡,种花不如种菜。"这是农民对子弟的箴言。那么,一个农家的青年,为什么不好好地读书预备振家耀祖,却要去努筋拔力地学着画画儿呢?然而我们这位农家之子,却就在这情形中,受尽了千辛万苦,居然也完成了他的高等艺术教育。他在北平那座古城里一连住了许多年,他住在一个偏僻的角落里,而且住在一间阴暗的小屋子里,自炊,自食,自缝,自洗,一个人在柴米针线的琐屑中却产生了他初期那些篇幅较大的辉煌作品。北平的飞砂是专打行人的眼睛的,冬天的风雪更时常专为了割裂行人的皮肤而降临,而这个学画的年轻人,就带着饭囊,带着水壶,带着零星的画具,自然,更重要的还是他的画架,那是一个颇高大的架子,他把它负在背上,就在那飞砂与风雪中奔来驰去。说来好笑,他这样子装束起来,说他像个行脚僧是不对的,因为他没有那种悠闲的味儿,他是忙碌的,尤其在大风雪中,说他像一个辛苦的负贩倒还更好些吧?他这样走遍了北平城郊的许多名胜古迹,在各个有名的建筑物旁边逡巡徘徊,在每个有历史意义的景物前面留连终日,于是,他为那

第四章
做你喜欢的事，永远都不晚

座故都留下了永不泯灭的影子。然而，现在我们提到了这些，又该是有着什么样的感怀呢？借问我们的画家，你当年那些作品可还存在吗？什么时候我们才能光复我们的故都呢？什么时候我们才能再回去呢？这几年来我们流转过了这么些地方，却还是怀念着那个旧游之地，这是什么道理呢？说起来，倒很想再看看你那些作品了，尤其是使我不能忘怀的，是我们的长城，我是说在你画家笔下的那幅长城，那是以塞外的风雪作为背景的，那也是你在大风雪中作成的，那种深厚雄浑的雾围，是最能代表你的作风的了，或者甚至可以说，那是最能代表我们这民族特色的了，不单在艺术方面，而且在整个的生活方面。假如我们还能看见那些作品，我们就要向我们那已经被人掠取了去的东西重致慰语，而那些，我们也许已经不再说它们是"作品"，不只是一幅幅的画儿了。

我们这位画家有一种很别致的脾气，就是他最爱在风吹雨打之中出去工作。他正如风雨将至时的紫燕一样，紫燕为了欢迎一场大风雨要钻到高空去飞扬，他又如风雨正急时的青蛙一样，青蛙为了庆祝这一场风雨就在水面上鼓噪起来；其实他更像风雨来临时急于收获稼禾的农民一样，每当风雨欲来的时候，而画家的兴致也就来了，仿佛有风雨在他胸中一般，鼓舞他，催促他，于是他出发了，他要在风雨中去收获他的"作品"。他依然是背负着那个大画架，不过又添了雨具，伞，或大斗笠，于是他在风雨中工作，工作，工作得特别敏速，而且也特别满意，而他的作品中也就充满着风雨，油然沛然，萧萧骚骚，深厚，浓重，寓生动于凝定之中，而这，这也就是这位画家的风格之所在了。于此，让我回忆起那座"潇洒似江南"的济南城来吧，济南是我们的故乡，我们的画家是从离开北平以后就一直住在这里的，一直住到敌寇压境才开始了流亡。现在，我们的故乡正在屈辱与战斗中。黄河天堑，那里的黄河怎样了呢？湖山如画，现在的明湖与佛山是什么颜色？"齐鲁青未了"，乘津浦南下的泰山可还无恙？还有坐胶济车东去的崂山，还有我们的工业区博山……这些地方，都是我们的画家曾一再留连忘返的地方，而且，都曾经在风雨中给那些地方留了一些影子，可惜，这些作品也都随着济南的失陷而不敢断定其或存或亡了。其中，我个人印象最深的是"大风中的黄河"与"秋雨中的明湖"，充满在画幅中的那种苍苍茫茫的空气，想起来真令人无限惆怅。

　　脱离了学生生活，在济南从事于艺术工作的这位画家，物质生活自然是比较优裕得多多了，然而他的艰苦卓绝的精神，却还是依然如故。他住的屋子里的陈设非常简单，简直可以说是非常简陋，他自奉非常俭朴，工作非常勤苦。他确乎在努力积钱，像吝啬的老农民那样积钱。然而他这样吝啬却是为了一次豪华，因为一到假期，他便又背起画架到各处旅行去了，他一去几个月，他把钱都花光了，而换回来的却是满箱满箧的作品。此外，他工作之余，又从事于种种艺术活动，譬如组织学会，出版画刊。由于朋友的督促，他还开过几次个人画展，于是他一切都自己去办，他自己抱着广告，自己提着浆糊，自己拿着浆糊刷子，到通衢，到街巷，他自己去贴他自己的画展广告。他又计划在明湖边上建一座壮丽的美术

第四章
做你喜欢的事,永远都不晚

馆,他把自己历年的积蓄都花上了,把整个的精力也都花上了,为了这计划之易于实现,他不得不把那张黝黑的瘦脸在人家面前陪陪苦笑,不得不用自己讷讷的言辞去求得人家半句允诺,这正如一个农民,由于自己辛苦的结果想置一点新的产业,却不得不请邻里乡党们吃自己几次酒筵。在这些场合,他一定显得很拙,很苦,而这些,也许曾经引起有些人们的误会,说这样子简直就不像个"艺术家"了,然而经年的辛苦,一座美术馆就在湖边上站立起来了。那么我们就去看看吧,你从他自己的住室走到美术馆就如从一间茅屋走入了一座宫殿,那里应有尽有,不但那些从各处征集来的作品令人目夺神摇,就是那些设备也都极其讲究,这也正如本来是饭蔬食饮水的农家,一旦客至,则杀鸡为黍而食之了。然而那些设备,也正如画家自己的作风一样,是粗重的线条,浓浑的色调,而绝不是小巧玲珑花花草草的设计。"要坚固,要持久,要大方,要好看。"他常常指着那些陈设如此说。而他又最得意于那些大窗子上悬挂着的毛织窗幔,那是深紫色的,紫色之中又带有黑绿色的,"必须这样才行,必须这样才衬得起窗外的湖光山色,我这里的颜色总要比外边重一点……"他这样说。继美术馆之后而在他计划之中的,是艺术学校,他想延揽一些前辈艺术家,教育一般青年之有志于艺术者,他常说:"艺术是要紧的,人生怎么能没有艺术呢?任何人都应当有点艺术趣味才好,庄稼人怎么能不在墙上贴几张年画呢?篱笆墙上又怎能不叫它爬一架牵牛花呢?"他又想在儿童中间普遍地鼓动起一种爱好艺术的空气,"小孩子都是爱画的,像喜欢吃糖一样。"他这么说。他希望在他的美术馆中时常有儿童的图画展览。……一切都在计划中。然而敌人向我们进攻来了，德州失守了，接着济南也危险了，于是我们不得不离开了济南，我们的画家也就不得不抛弃了他一手造成的事业，以及他满肚子的计划。现在，那座美术馆怎样了呢？每天晚间，倚在美术馆的楼栏杆上望济南城墙马路上一圈灯火，只隐隐映出远山近水，葱葱茏茏的树木，却不见市廛……现在站在那楼上的却不知是什么人了！

流亡以来，辗转半年有余，而得暂时驻足于汉江左岸一个荒僻的县城中，在这里，我们的画家又拾起了他的画笔。半年以后，又溯江而上，过汉中，爬巴山，走栈道而至大后方。在这两千里路的艰险道路中，我们的画家又作了很多作品。而这一段生活，以及这一路的山川景物所给与画家的影响就更大。"我从前画过的地方都被敌人占了，我希望……"你希望什么呢？你希望你的画面上能留得住我们的江山吗？我们只看见你的黝黑瘦削的农人脸面上罩一层风尘，一层苦笑。以后，他又跑了很多地方，他去灌县，去嘉定，去峨嵋，回头又去江油，去剑门……这一来画风大变了，自然景物不同了，你人也不同了，你的心思也不同了。可惜在流亡期中，受到种种限制，如纸张、颜料、画具等等的缺乏，使画家的工作不能十分如意。一双草鞋，你还要穿它个七烂八烂才肯丢掉，比较从前的假期旅行，那自然是不行了。

最近，听说我们这位画家变得更厉害了，从前是只画自然界的景物的，现在却喜欢画"人"了，喜欢以社会生活作为对象了。这当然很好,我记得那个从下层社会中站起来的大作家曾经对诗人说过;"把对于生活的趣味扩大起来好了,忘记了在风景画之外还有风俗画,那是不行的。"我愿意把这句话转赠我们的画家。何况我们的画家,你,你不是喜欢在风雨中工作吗?那么,恐怕再没有比这时代的风雨更大的了,这实在是一个暴风雨的时代,我想你不但要在这暴风雨中工作,还应当为了这暴风雨而工作,为这时代留一些痕迹,为这时代尽一些力。不错,你曾经画下了我们的山河,却保不住我们的山河,山河将何以自保,除非有"人"?没有"人"是不行的,自然界没有人也是不行的,是不是?何况国家?这时候,再没有比"人"更重要的了,再没有比"人的力量"更重要的了,艺术家应当爱"人"胜于爱"自然",对不对?

给一位文学青年的公开状 / 郁达夫

今天的风沙实在太大了,中午吃饭之后,我因为还要去教书,所以没有许多工夫,和你谈天。我坐在车上,一路的向北走去,沙石飞进了我的眼睛。一直到午后四点钟止,我的眼睛四周的红圈,还没有褪尽。恐怕同学们见了要笑我,所以于上课堂之先,我从高窗口在日光大风里把一双眼睛曝晒了许多时。我今天上你那公寓里来看了你那一副样子,觉得什么话也说不出来。现在我想趁着这大家已经睡寂了的几点钟功夫,把我要说的话,写一点在纸上。

平素不认识的可怜的朋友,或是写信来,或是亲自上我这里来的,很多很多,我因为想报答两位也是我素不认识而对于我却有十二分的同情过的朋友的厚恩起见,总尽我的力量帮助他们。可是我的力量太薄弱了,可怜的朋友太多了,所以结果近来弄得我自家连一条棉裤也没有。这几天来天气变得很冷,我老想买一件外套,但终于没有买成。尤其是使我羞恼的,因为恰逢此刻,我和同学们所读的书里,正有一篇俄国郭哥儿著的嘲弄像我们一类人的小说

《外套》。现在我的经济状态,比从前并没有什么宽裕,从数目上讲起来,反而比从前要少——因为现在我不能向家里去要钱化,每月的教书钱,额面上虽则有五十三加六十四合一百十七块,但实际上拿得到的只有三十三四块——而我的嗜好日深,每月光是烟酒的账,也要开销二十多块。我曾经立过几次对天的深誓,想把这一笔糜费节省下来,但愈是没有钱的时候,愈想喝酒吸烟。向你讲这一番苦话,并不是因为怕你要问我借钱,先事预防,我不过欲以我的身体来做一个证据,证明目下的中国社会的不合理,以大学校毕业的资格来糊口的你那种见解的错误罢了。

引诱你到北京来的,是一个国立大学毕业的头衔,你告诉我说,你的心里,总想在国立大学弄到毕业,毕业以后至少生计问题总可以解决。现在学校都已考完,你一个国立大学也进不去,接济你的资金的人,又因为他自家的地位摇动,无钱寄你,你去投奔你同县而且带有亲属的大慈善家H,H又不纳,穷极无路,只好写封信给一个和你素不相识而你也明明知道是和你一样穷的我,在这时候这样的状态之下,你还要口口声声的说什么"大学教育","念书",我真佩服你的坚忍不拔的雄心。不过佩服虽可佩服,但是你的思想的简单愚直,也却是一样的可惊可异。现在你已经是变成了中性——半去势的文人了,有许多事情,譬如说高尚一点的,去当土匪,卑微一点的,去拉洋车等事情,你已经是干不了的了,难道你还嫌不足,还要想穿几年长袍,做几篇白话诗,短篇小说,达到你的全去势的目的么?大学毕业,以后就可以有饭吃,你这一种定理,是哪一本书上翻来的?

像你这样一个白脸长身,一无依靠的文学青年,即使将面包和泪吃,勤勤恳恳的在大学窗下住它五六年,难道你拿毕业文凭的那一天,天上就忽而会下起珍珠白米的雨来的么?

现在不要说中国全国,就是在北京的一区里头,你且去站在十字街头,看见穿长袍黑马褂或哔叽旧洋服的人,你且试对他们行一个礼,问他们一个人要一个名片来看看,我恐怕你不上半天,就可以积起一大堆的什么学士,什么博士来,我若再行一个礼,问一问他们的职业,我恐怕他们都要红红脸说,"兄弟是在这里找事情的。"他们是什么?他们都是大学毕业生吓。你能和他们一样的有钱读书么?你能和他们一样的有钱买长袍黑马褂哔叽洋服么?即使你也和他们一样的有了读书买衣服的钱,你能保得住你毕业的时候,事情会来找你么?

大学毕业生坐汽车,吸大烟,一攫千金的人原是有的。然而他们都是为新上台的大佬经手减价卖职的人,都是大刀枪在后面援助的人,都是有几个什么长在他们父兄身上的人,再粗一点说,他们至少也都是爬乌龟钻狗洞的人,你要有他们那么的后援,或他们那么的乌龟本领,狗本领,那么你就是大学不毕业,何尝不可以吃饭?

我说了这半天,不过想把你的求学读书,大学毕业的迷梦打破而已。现在为你计,最上的上策,是去找一点事情干干。然而土匪你是当不了的,洋车你也拉不了的,报馆的校对,图书馆的拿书者,家庭教师,看护男,门房,旅馆火车菜馆的伙计,因为没有人

第四章
做你喜欢的事,永远都不晚

可以介绍,你也是当不了的,——我当然是没有能力替你介绍,——所以最上的上策,于你是不成功的了。其次你就去革命去吧,去制造炸弹去吧!但是革命是不是同割枯草一样,用了你那裁纸的小刀,就可以革得成的呢?炸弹是不是可以用了你头发上的灰垢和半年不换的袜底里的腐泥来调和的呢?这些事情,你去问上帝去吧!我也不知道。

比较上可以做得到,并且也不失为中策的,我看还是弄几个旅费,回到湖南你的故土,去找出四五年你不曾见过的老母和你的小妹妹来,第一天相持对哭一天,第二天因为哭了伤心,可以在床上你的草窠里睡去一天,既可以休养,又可以省几粒米下来熬稀粥,第三天以后,你和你的母亲妹妹,若没有衣服穿,不妨三人紧紧的挤在一处,体热互助的结果,同冬天雪夜的群羊一样,倒可以使你的老母不至冻伤,若没有米吃,你在日中天暖一点的时候,不妨把年老的母亲交付给你妹妹的身体烘着,你自己可以上村前村后去掘一点草根树根来煮汤吃。草根树根里也有淀粉,我的祖母未死的时候,常把洪杨乱日,她老人家尝过的这滋味说给我听,我所以知道。现在我既没有余钱,可以赠你,就把这秘方相传,作个我们两位穷汉,在京华尘土里相遇的纪念吧!若说草根树根,也被你们的督军省长师长议员知事掘完,你无论走往何处再也找不出一块一截来的时候,那么你且咽着自家的口水,同唱戏似的把北京的豪富人家的蔬菜,有色有香的说给你的老母亲小妹妹听听,至少在未死前的一刻半刻钟中间,你们三个昏乱的脑子里,总可以大事铺张的享乐一回。

但是我听你说，你的故乡连年兵燹，房屋田产都已毁尽，老母弱妹也不知是生是死，五年来音信不通，并且现在回湖南的火车不开，就是有路费也回去不得，何况没有路费呢？

上策不行，次上中策也不行，现在我为你实在是没有什么法子好想了。不得已我就把两个下策来对你讲吧！

第一，现在听说天桥又在招兵，并且听说取得极宽，上自五十岁的老人起，下至十六七岁的少年止，一律都收，你若应募之后，马上开赴前敌，打死在租界以外的中国地界，虽然不能说是为国效忠，也可以算得是为招你的那个同胞效了命，岂不是比饿死冻死在你那公寓的斗室里，好得多么？况且万一不开往前敌，或虽开往前敌而不打死的时候，只教你能保持你现在的这种纯洁的精神，只教你能有如现在想进大学读书一样的精神来宣传你的理想，难保你所属的一师一旅，不为你所感化。这是下策的第一个。

第二，这才是真真的下策了！你现在不是只愁没有地方住没有地方吃饭而又苦于没有勇气自杀么？你的没有能力做土匪，没有能力拉洋车，是我今天早晨在你公寓里第一眼看见你的时候，已经晓得的。但是有一件事情，我想你还能胜任的，要干的时候一定是干得到的。这是什么事情呢？啊啊，我真不愿意说出来——我并不是怕人家对我提起诉讼，说我在唆使你做贼，啊呀，不愿意说倒说出来了，做贼，做贼，不错，我所说的这件事情就是叫你去偷窃呀！

无论什么人的无论什么东西，只教你偷得着，尽管偷吧！偷到了，不被发觉，那么就可以把这你偷自他、他抢自第三人的，在现在的社会里称为赃物，在将来进步了的社会里，当然是要分归你有的东西，拿到当铺——我虽然不能为你介绍职业，但是像这样的当铺却可以为你介绍几家——里去换钱用。万一发觉了呢？也没有什么。第一你坐坐监牢，房钱总可以不付了。第二监狱里的饭，虽然没有今天中午我请你的那家馆子里的那么好，但是饭钱是可以不付的。第三或者什么什么司令，以军法从事，把你枭首示众的时候，那么你的无勇气的自杀，总算是他来代你执行了，也是你的一件快心的事情，因为这样的活在世上，实在是没有什么意思。

我写到这里，觉得没有话再可以和你说了，最后我且来告诉你一种实习的方法吧！

你若要实行上举的第二下策，最好是从亲近的熟人方面做起。譬如你那位同乡的亲戚老 H 家里，你可以先去试一试看。因为他的那些堆积在那里的富财，不过是方法手段不同罢了，实际上也是和你一样的偷来抢来的。再若你慑于他的慈和的笑里的尖刀，不敢去向他先试，那么不妨上我这里来作个破题儿试试。我晚上卧房的门常是不关，进出很便。不过有一件缺点，就是我这里没有什么值钱的物事。但是我有几本旧书，却很可以卖几个钱。你若来时，最好是预先通知我一下，我好多服一剂催眠药，早些睡下，因为近来身体不好，晚上老要失眠，怕与你的行动不便。还有一句话——你若来时，心肠应该要练得硬一点，不要因为是我的书的原因，致使你没有偷成，就放声大哭起来——

学问之趣味 / 梁启超

我是个主张趣味主义的人：倘若用化学化分"梁启超"这件东西，把里头所含一种元素名叫"趣味"的抽出来，只怕所剩下仅有个〇了。我以为：凡人必常常生活于趣味之中，生活才有价值。若哭丧着脸挨过几十年，那么，生命便成沙漠，要来何用？中国人见面最喜欢用的一句话："近来作何消遣？"这句话我听着便讨厌。话里的意思，好像生活得不耐烦了，几十年日子没有法子过，勉强找些事情来消他遣他。一个人若生活于这种状态之下，我劝他不如早日投海！我觉得天下万事万物都有趣味，我只嫌二十四点钟不能扩充到四十八点，不够我享用。我一年到头不肯歇息，问我忙什么？忙的是我的趣味。我以为这便是人生最合理的生活，我常常想运动别人也学我这样生活。

凡属趣味，我一概都承认它是好的，但怎么样才算"趣味"，不能不下一个注脚。我说："凡一件事做下去不会生出和趣味相反的结果的，这件事便可以为趣味的主体。"赌钱趣味吗？输了怎么样？吃酒趣味吗？病了怎么样？做官趣味吗？没有官做的时候怎样?……诸如此类,虽然在短时间内像有趣味,结果会闹到俗语说的"没趣一齐来",所以我们不能承认它是趣味。凡趣味的性质,总要以趣味始以趣味终。所以能为趣味之主体者,莫如下列的几项:一,劳作;二,游戏;三,艺术;四,学问。诸君听我这段话,切勿误会以为,我用道德观念来选择趣味。我不问德不德,只问趣不趣。我并不是因为赌钱不道德才排斥赌钱,因为赌钱的本质会闹到没趣,闹到没趣便破坏了我的趣味主义,所以排斥赌钱;我并不是因为学问是道德才提倡学问,因为学问的本质能够以趣味始以趣味终,最合于我的趣味主义条件,所以提倡学问。

学问的趣味,是怎么一回事呢?这句话我不能回答。凡趣味总要自己领略,自己未曾领略得到时,旁人没有法子告诉你。佛典说的:"如人饮水,冷暖自知。"你问我这水怎样的冷,我便把所有形容词说尽,也形容不出给你听,除非你亲自嗑一口。我这题目——学问之趣味,并不是要说学问如何如何的有趣味,只要如何如何便会尝得着学问的趣味。

诸君要尝学问的趣味吗?据我所经历过的有下列几条路应走:

第一,"无所为"(为读去声)。趣味主义最重要的条件是"无所为而为"。凡有所为而为的事,都是以别一件事为目的而以这件事为手段。为达目的起见勉强用手段,目的达到时,手段便抛却。例如学生为毕业证书而做学问,著作家为版权而做学问,这种做法,便是以学问为手段,便是有所为。有所为虽然有时也可以为引起趣味的一种方面,但到趣味真发生时,必定要和"所为者"脱离关系。你问我"为什么做学问"？我便答道："不为什么"。再问，我便答道："为学问而学问。"或者答道："为我的趣味。"诸君切勿以为我这些话掉弄虚机；人类合理的生活本来如此。小孩子为什么游戏？为游戏而游戏；人为什么生活？为生活而生活。为游戏而游戏，游戏便有趣；为体操分数而游戏，游戏便无趣。

第二，不息。"鸦片烟怎样会上瘾？""天天吃。""上瘾"这两个字，和"天天"这两个字是离不开的。凡人类的本能，只要那部分阁久了不用，他便会麻木会生锈。十年不跑路，两条腿一定会废了；每天跑一点钟，跑上几个月，一天不得跑时，腿便发痒。人类为理性的动物，"学问欲"原是固有本能之一种。只怕你出了学校便和学问告辞，把所有经管学问的器官一齐打落冷宫，把学问的胃弄坏了，便山珍海味摆在面前也不愿意动筷子。诸君啊！诸君倘若现在从事教育事业或将来想从事教育事业，自然没有问题，很多机会来培养你学问胃口。若是做别的职业呢？我劝你每日除本业正当劳作之外，最少总要腾出一点钟，研究你所嗜好的学问。一点钟哪里不消耗了？千万别要错过，闹成"学问胃弱"的症候，白白自己剥夺了一种人类应享之特权啊！

第三，深入的研究。趣味总是慢慢地来，越引越多，像那吃甘蔗，越往下才越得好处。假如你虽然每天定有一点钟做学问，但不过拿来消遣消遣，不带有研究精神，趣味便引不起来。或者今天研究这样明天研究那样，趣味还是引不起来。趣味总是藏在深处，你想得着，便要入去。这个门穿一穿，那个窗户张一张，再不会看见"宗庙之美,百官之富",如何能有趣味?我方才说:"研究你所嗜好的学问",嗜好两个字很要紧。一个人受过相当的教育之后,无论如何,总有一两门学问和自己脾胃相合,而已经懂得大概可以做加工研究之预备的。请你就选定一门作为终身正业(指从事学者生活的人说)或作为本业劳作以外的副业(指从事其他职业的人说)。不怕范围窄,越窄越便于聚精神;不怕问题难,越难越便于鼓勇气。你只要肯一层一层地往里面追,我保你一定被他引到"欲罢不能"的地步。

第四,找朋友。趣味比方电,越摩擦越出。前两段所说,是靠我本身和学问本身相摩擦;但仍恐怕我本身有时会停摆,发电力便弱了。所以常常要仰赖别人帮助。一个人总要有几位共事的朋友,同时还要有几位共学的朋友。共事的朋友,用来扶持我的职业;共学的朋友和共顽的朋友同一性质,都是用来摩擦我的趣味。这类朋友,能够和我同嗜好一种学问的自然最好,我便和他搭伙研究。即或不然——他有他的嗜好,我有我的嗜好,只要彼此都有研究精神,我和他常常在一块或常常通信,便不知不觉把彼此趣味都摩擦出来了。得着一两位这种朋友,便算人生大幸福之一。我想只要你肯找,断不会找不出来。

我说的这四件事,虽然像是老生常谈,但恐怕大多数人都不曾会这样做。唉!世上人多么可怜啊!有这种不假外求不会蚀本不会出毛病的趣味世界,竟自没有几个人肯来享受!古书说的故事"野人献曝",我是尝冬天晒太阳的滋味尝得舒服透了,不忍一人独享,特地恭恭敬敬地来告诉诸君。诸君或者会欣然采纳吧?但我还有一句话:太阳虽好,总要诸君亲自去晒,旁人却替你晒不来。

跟着自己的兴趣走 / 胡适

……目前很多学生选择科系时，从师长的眼光看，都不免带有短见，倾向于功利主义方面。天才比较高的都跑到医工科去，而且只走入实用方面，而又不选择基本学科，譬如学医的，内科、外科、产科、妇科，有很多人选，而基本学科譬如生物化学、病理学，很少青年人去选读，这使我感到今日的青年不免短视，带着近视眼镜去看自己的前途与将来。我今天头一项要讲的，就是根据我们老一辈的对选科系的经验，贡献给各位。我讲一段故事。

记得四十八年前，我考取了官费出洋，我的哥哥特地从东三省赶到上海为我送行，临行时对我说，我们的家早已破坏中落了，你出国要学些有用之学，帮助复兴家业，重振门楣，他要我学开矿或造铁路，因为这是比较容易找到工作的，千万不要学些没用的文学、哲学之类没饭吃的东西。我说好的，船就要开了，那时和我一起去美国的留学生共有七十人，分别进入各大学。在船上我就想，开矿没兴趣，造铁路也不感兴趣，于是只好采取调和折衷的办法，

第四章
做你喜欢的事，永远都不晚

要学有用之学，当时康奈尔大学有全美国最好的农学院，于是就决定进去学科学的农学，也许对国家社会有点贡献吧！那时进康大的原因有二：一是康大有当时最好的农学院，且不收学费，而每个月又可获得八十元的津贴；我刚才说过，我家破了产，母亲待养，那时我还没结婚，一切从命，所以可将部分的钱拿回养家。另一是我国有百分之八十的人是农民，将来学会了科学的农业，也许可以有益于国家。

入校后头一星期就突然接到农场实习部的信，叫我去报到。那时教授便问我："你有什么农场经验？"我答："没有。""难道一点都没有吗？""要有嘛，我的外公和外婆，都是道地的农夫。"教授说："这与你不相干。"我又说："就是因为没有，才要来学呀！"后来他又问："你洗过马没有？"我说："没有。"我就告诉他中国人种田是不用马的。于是老师就先教我洗马，他洗一面，我洗另一面。他又问我会套车吗，我说也不会。于是他又教我套车，老师套一边，我套一边，套好跳上去，兜一圈子。接着就到农场做选种的实习工作，手起了泡，但仍继续的忍耐下去。农复会的沈宗瀚先生写一本《克难苦学记》，要我和他作一篇序，我也就替他做一篇很长的序。我们那时学农的人很多，但只有沈宗瀚先生赤过脚下过田，是唯一确实有农场经验的人。学了一年，成绩还不错，功课都在八十五分以上。第二年我就可以多选两个学分，于是我选种果学，即种苹果学。分上午讲课与下午实习。上课倒没有什么，还甚感兴趣；下午实验，走入实习室，桌上有各色各样的苹果三十个，颜色有红的、有黄的、有青的……形状有圆的、有长的、有椭圆的、有四方的……。要照着一本手册上的标准，去定每一苹果的学名，蒂有多长？花是什么颜色？肉是甜是酸？是软是硬？弄了两个小时。弄了半个小时一个都弄不了，满头大汗，真是冬天出大汗。抬头一看，呀！不对头，那些美国同学都做完跑光了，把苹果拿回去吃了。他们不需剖开，因为他们比较熟悉，查查册子后面的普通名词就可以定学名，在他们是很简单。我只弄了一半，一半又是错的。回去就自己问自己学这个有什么用？要是靠当时的活力与记性，用上一个晚上来强记，四百多个名字都可记下来应付考试。但试想有什么用呢？那些苹果在我国烟台也没有，青岛也没有，安徽也没有……我认为科学的农学无用了，于是决定改行，那时正是民国元年，国内正在革命的时候，也许学别的东西更有好处。

那么，转系要以什么为标准呢？依自己的兴趣呢？还是看社会的需要？我年轻时候《留学日记》有一首诗，现在我也背不出来了。我选课用什么做标准？听哥哥的话？看国家的需要？还是凭自己？只有两个标准：一个是"我"；一个是"社会"，看看社会需要什么？国家需要什么？中国现代需要什么？但这个标准——社会上三百六十行，行行都需要，现在可以说三千六百行，从诺贝尔得奖人到修理马桶的，社会都需要，所以社会的标准并不重要。因此，在定主意的时候，便要依着自我的兴趣了——即性之所近，力之所能。我的兴趣在什么地方？与我性质相近的是什么？问我能做什么？对什么感兴趣？我便照着这个标准转到文学院了。但又有

第四章
做你喜欢的事,永远都不晚

一个困难,文科要缴费,而从康大中途退出,要赔出以前二年的学费,我也顾不得这些。经过四位朋友的帮忙,由八十元减到三十五元,终于达成愿望。在文学院以哲学为主,英国文学、经济、政治学之门为副。后又以哲学为主,经济理论、英国文学为副科。到哥伦比亚大学后,仍以哲学为主,以政治理论、英国文学为副。我现在六十八岁了,人家问我学什么?我自己也不知道学些什么?我对文学也感兴趣,白话文方面也曾经有过一点小贡献。在北大,我曾做过哲学系主任,外国文学系主任、英国文学系主任,中国文学系也做过四年的系主任,在北大文学院六个学系中,五系全做过主任。现在我自己也不知道学些什么,我刚才讲过现在的青年太倾向于现实了,不凭性之所近,力之所能去选课。譬如一位有作诗天才的人,不进中文系学作诗,而偏要去医学院学外科,那么文学院便失去了一个一流的诗人,而国内却添了一个三四流甚至五流的饭桶外科医生,这是国家的损失,也是你们自己的损失。

在一个头等第一流的大学,当初日本筹划帝大的时候,真的计划远大,规模宏伟,单就医学院就比当初日本总督府还要大。科学的书籍都是从第一号编起。基础良好,我们接收已有十余年了,总算没有辜负当初的计划。今日台大可说是台湾唯一最完善的大学,各位不要有成见,带着近视眼镜来看自己的前途,看自己的将来。听说入学考试时有七十二个志愿可填,这样七十二变,变到最后不知变成了什么,当初所填的志愿,不要当做最后的决定,只当做暂时的方向。要在大学一、二年的时候,东摸摸西摸摸的瞎摸。不要有短见，十八九岁的青年仍没有能力决定自己的前途、职业。进大学后第一年到处去摸、去看，探险去，不知道的我偏要去学。如在中学时候的数学不好，现在我偏要去学，中学时不感兴趣，也许是老师不好。现在去听听最好的教授的讲课，也许会提起你的兴趣。好的先生会指导你走上一个好的方向，第一、二年甚至于第三年还来得及，只要依着自己"性之所近，力之所能"的做去，这是清代大儒章学诚的话。

现在我再说一个故事，不是我自己的，而是近代科学的开山大师——伽利略（Galileo），他是意大利人，父亲是一个有名的数学家，他的父亲叫他不要学他这一行，学这一行是没饭吃的，要他学医。他奉命而去。当时意大利正是文艺复兴的时候，他到大学以后曾被教授和同学捧誉为"天才的画家"，他也很得意。父亲要他学医，他却发现了美术的天才。他读书的佛劳伦斯地方是一工业区，当地的工业界首领希望在这大学多造就些科学的人才，鼓励学生研究几何，于是在这大学里特为官儿们开设了几何学一科，聘请一位叫 Ricci 氏当教授。有一天，他打从那个地方过，偶然的定脚在听讲，有的官儿们在打瞌睡，而这位年轻的伽利略却非常感兴趣。是不断地一直继续下去，趣味横生，便改学数学，由于浓厚的兴趣与天才，就决心去东摸摸西摸摸，摸出一条兴趣之路，创造了新的天文学、新的物理学，终于成为一位近代科学的开山大师。

大学生选择学科就是选择职业。我现在六十八岁了，我也不知道所学的是什么？希望各位不要学我这样老不成器的人。勿以七十二志愿中所填的一愿就定了终身，还没有的，就是大学二、三年也还没定。各位在此完备的大学里，目前更有这么多好的教授人才来指导，趁此机会加以利用。社会上需要什么，不要管它，家里的爸爸、妈妈、哥哥、朋友等，要你做律师、做医生，你也不要管他们，不要听他们的话，只要跟着自己的兴趣走。想起当初我哥哥要我学开矿、造铁路，我也没听他的话，自己变来变去变成一个老不成器的人。后来我哥哥也没说什么。只管我自己，别人不要管他。依着"性之所近，力之所能"学下去，其未来对国家的贡献也许比现在盲目所选的或被动选择的学科会大得多，将来前途也是无可限量的。……

花鸟舅爷 / 李广田

夏天。

我从洛口铁桥搭上了下行的双桅船。时候是上午十点左右。天晴着,河风吹得很凉爽。头上虽有炎热的太阳炙晒,仍觉得十分快适。这是一段颇可喜爱的水程。船在急流中颠簸前进,夹岸两堤官柳,以及看来好像紧贴着堤柳的天边白云,都电掣般向后闪去。船上人都欣喜于遇着了一次顺风。而我所更喜欢的则是正午前后便可以下船登岸了。

"到苗家渡可还远着吗?"

"不远不远,面前那座林子就是了。"

划船人指着二里开外的一丛绿树答我。时候还不到十二点。我是等船到苗家渡就登岸的。目的地是住在马家道口的舅爷家。从苗家渡到马家道口不过三里。这三里路是在堤柳的浓荫下面走过的。计算时间,我早该到达舅爷的家了,但依然看不见我记忆中的舅爷家的标识。我心里焦急起来了。

第四章
做你喜欢的事,永远都不晚

沿堤一带居民,都靠了堤身建造房屋。这不但有占居官地的便利,且可利用了堤身作为房屋的后墙。故从河堤的前面看来,则沿堤均如建造了一排土楼,自然,也很容易辨识出是谁家的门户。但从堤后看来,则仅仅是高出堤面一尺的茅檐,而家家茅檐又大多数无甚区别。走在堤后的人想取了捷径以直达所要去的人家,像我这样久不归乡的人,就是一件难事了。并不是不能转到堤前去认出舅爷的家,只是愈找不到舅爷家的标识就愈想找个究竟。"莫非是走错了路吗?"这样想。心里焦急着,仍不能从那些茅檐上认出舅爷的家。

舅爷的家是有着标识的。在过去,从外边回到故乡时,我每每先从那些标识上认出舅爷的家,又每每先看了舅爷,再由舅爷伴送着回到自己家里去。

从自己最初的记忆起,舅爷家就过着非常贫苦的日子。然而就在这贫苦日月中,舅爷却永是一个快乐人。舅爷的年轻时代,我知道得不详细。据说他曾一度作过鞋匠,但究竟为了什么而不能以此为业呢,我不得而知。生有一副病弱的身体,有时又不能不靠了身体去换取一点生活之资。自家原有几亩薄田,也多半坍塌到河里去了,未曾坍塌的,也以任其荒芜的时候居多。自然,像舅爷这样人,是不能靠自己耕种来过活的了。这一半固由于他有一个懒散性子,一半也由于那条称作这个国家的"败家子"的河流的教训(这条不能正正经经流到海里去的河水,使这一带居民都信任了他们的不可挽回的命运)。水缸里,有从河上取了来沉淀着待用的饮料。

河堤空地上，也有随时种植的家常蔬果。河堤两旁的树上，又有随时取用不竭的燃料。只要于高兴卖力气时出去做几日短工，就可以赚得来暂时需用的口粮了。就在这种情形中，像其他居民相仿，舅爷打发了自己的日子，并尽可能地维持了一家四口。我已经说过，我这位舅爷是一个在贫苦中有快乐的人，而他的乐趣却不仅在于他能够对付得他的贫苦。

像舅爷这样人，在生活中，照例是不缺少闲散的。在闲散中，他才有他自己享受的生活。他会以几个小钱的胜负去抹把纸牌。会用极粗俗的腔调唱几支山歌。又会坐在自家门槛上吹弄着什么唢呐。而他在日常生活中最感兴趣，最肯花费自己精神时间的，就是种种花，养养鸟这一类玩意了。他喜欢一切花，一切鸟，不但是自家的，就连人家的，以及飞在空中的，开在道旁的，他都喜欢。一只不知名的小鸟，叫着，从空中飞过了，不见了，他会仰面朝天，呆望了许久。他也会一个人徘徊在荒道上，墓田上，寻找着什么野生的花草。舅爷的自己家里当然是养着许多花鸟的。虽然花草中也没有什么值得珍惜的东西，但借了那些红红绿绿的颜色，又仗了他的细心和闲暇，把许多花草都安排在一种近于天然艺术的图案里，虽然是破屋烂墙的人家，于是也装点得极其好看了。故从河堤前面走过的人，都很容易指点出这有着小小花园的人家。至于鸟呢，当然，也不过什么碧玉黄雀之流，甚至连麻雀也养在里边。然而它们都生活得极其舒适，仿佛很乐意活在这个主人的笼中似的，叫着、跳着，高高地被挂在檐

第四章
做你喜欢的事,永远都不晚

前,挂在树上,使主人喜欢,使过路人欣羡。从自己用极困难方法得来的粮米中,省俭出一部分米粒来饲养了这些鸟族的舅爷,他的快乐恐怕是我们所不能想象的了。

舅爷的庭前原有着几株榆树,满树上都载着鸟窠。这几棵榆树的年龄恐怕比舅爷的年龄还要大些,舅爷也已是五十过后的人了。在一般贫苦人家,这样的木材是早应当伐下来换钱的,但这几株榆树却依然保存着它们的幸运。我想,这虽然也有什么风水迷信之说,但最大的原因,恐怕还是为了榆树上的那些鸟窠吧。仿佛那些喜鹊都认定了这是一个可以久居的地方,巢窠是与日俱增着,而且这也是多少年来的事情了。依照外祖母的,以及其他人的意见,这几株树也是应当伐了出卖的,当然,阻止了这事的仍是舅爷。他喜欢那些喜鹊,他爱护它们,他好像把它们当作一家人似的,在一处生活过来了这些年。"假如把榆树伐倒,岂不是拆毁了人家的家吗?"他这样说。于是,这几棵树,连同这些鸟窠,就一直保留了下来。而且,多少年来,这几株树上永有红色的牵牛花攀缘,花发时节,是满树红花,远远望去,这就是一个很显然的标识了。走在河堤后面的人,也很容易指点着说:"这就是某某人的家了。"我所寻找的就是这个标识,然而这个标识却永不再找到了。

等我越到河堤前面,并向人探询之后,才知道已走过马家道口有里余之遥了。再等我转了回来,到得舅爷家时,已是时近下午一点的样子。连喊了几声外祖母,都没有回答。出来迎接我的却是我的舅母。问舅爷可曾在家吗,说是已经被人家雇去做短工去了。表弟呢,说是也去同舅爷做着同样的事情(这个表弟也不过十岁左右的孩子,怎能做得了什么工作呢!我当时这么想)。看了舅母脚上的白鞋,头上的白头绳,我就不再问外祖母了。庭前那棵榆树,连同那些鸟窠,以及牵牛花的下落,也就可以知道了。舅母告诉我外祖母过世时的情形,说一切都靠了街坊戚友们的帮助,人家都知道舅爷是一个非常孝顺的人,平日虽然困苦,却总能使外祖母不受艰窘,故人家皆乐意输米输面。一口上好棺木,是用庭前那几棵大树换来的,并说到外祖母临危的时候很想念我,盼我在外边能早早发迹。舅母一边说着,一边落泪,还要张罗着给我预备午餐。我怎能再用得下午餐呢,说一些安慰舅母的话,就自己告辞了。

  到家的次日,舅爷竟为了跑来看我而不去做工了。人是老了许多,但还是那快活样子,大声说话,大声喧笑,话说不尽,仿佛懂得天地间一切事情。说话间又谈到外祖母,谈到外祖母的病状,并说:"过世了,也倒罢了,养了我这样儿子,活了一世还不是受罪一世吗?!"说着也变得黯然起来。又说,假如我将来能回到故乡来做些事业,很愿意把表弟托给我照顾。"希望你表弟不再像我就好了!"最后又这么说。

  "舅爷也实在衰老的可怜了呢,头发都变得白苍苍的了。"舅爷去后,我向母亲这样说。

  "白了头发呀,却还是那么孩子气。"母亲带一点笑意说。

"一辈子花啦鸟啦的，就是知道调皮着玩儿。你还不知道呢，人家竟能在那一头白苍苍的发辫上扎了鲜红的头绳，又戴了各色的鲜花，在外祖母的病床前跳来跳去，唱山歌儿使外祖母喜欢。人倒是一个有心肠的人，可惜命穷，也就无可如何罢了。"

第五章
生命就是在众人之中一眼看到从容的自己

不管梦想能否成为事实,说出来总是好玩的:
春天我要住在杭州,到西湖看嫩柳与菜花,碧浪与翠竹;
夏天住在青城山,那儿的幽静能使我写出二十万字的小说;
秋天要住北平,小白梨与大白海棠,亚当与夏娃见了也必滴下口水;
冬天我还没有打好主意。那时候,飞机一定很方便,
假若一二百元就能买一架,我就自备一架择黄道吉日慢慢地飞行。

"住"的梦 / 老舍

在北平与青岛住家的时候,我永远没想到过:将来我要住在什么地方去。在乐园里的人或者不会梦想另辟乐园吧。

在抗战中,在重庆与它的郊区住了六年。这六年的酷暑重雾,和房屋的不像房屋,使我会作梦了。我梦想着抗战胜利后我应去住的地方。

不管我的梦想能否成为事实,说出来总是好玩的:

春天,我将要住在杭州。二十年前,我到过杭州,只住了两天。那是旧历的二月初,在西湖上我看见了嫩柳与菜花,碧浪与翠竹。山上的光景如何?没有看到。三四月的莺花山水如何,也无从晓得。但是,由我看到的那点春光,已经可以断定杭州的春天必定会教人整天生活在诗与图画中的。所以,春天我的家应当是在杭州。

夏天,我想青城山应当算作最理想的地方。在那里,我虽然只住过十天,可是它的幽静已拴住了我的心灵。在我所看见过的山水中,只有这里没有使我失望。它并没有什么奇峰或巨瀑,也没有多

第五章
生命就是在众人之中一眼看到从容的自己

少古寺与胜迹,可是,它的那一片绿色已足使我感到这是仙人所应住的地方了。到处都是绿,而且都是像嫩柳那么淡,竹叶那么亮,蕉叶那么润,目之所及,那片淡而光润的绿色都在轻轻的颤动,仿佛要流入空中与心中去似的。这个绿色会像音乐似的,涤清了心中的万虑,山中有水,有茶,还有酒。早晚,即使在暑天,也须穿起毛衣。我想,在这里住一夏天,必能写出一部十万到二十万的小说。

假若青城去不成,求其次者才提到青岛。我在青岛住过三年,很喜爱它。不过,春夏之交,它有雾,虽然不很热,可是相当的湿闷。再说,一到夏天,游人来的很多,失去了海滨上的清静。美而不静便至少失去一半的美。最使我看不惯的是那些喝醉的外国水兵与差不多是裸体的,而没有曲线美的妓女。秋天,游人都走开,这地方反倒更可爱些。

不过,秋天一定要住北平。天堂是什么样子,我不晓得,但是从我的生活经验去判断,北平之秋便是天堂。论天气,不冷不热。论吃食,苹果,梨,柿,枣,葡萄,都每样有若干种。至于北平特产的小白梨与大白海棠,恐怕就是乐园中的禁果吧,连亚当与夏娃见了,也必滴下口水来!果子而外,羊肉正肥,高粱红的螃蟹刚好下市,而良乡的栗子也香闻十里。论花草,菊花种类之多,花式之奇,可以甲天下。西山有红叶可见,北海可以划船——虽然荷花已残,荷叶可还有一片清香。衣食住行,在北平的秋天,是没有一项不使人满意的。即使没有余钱买菊吃蟹,一两毛钱还可以爆二两羊肉,弄一小壶佛手露啊!

冬天，我还没有打好主意，香港很暖和，适于我这贫血怕冷的人去住，但是"洋味"太重，我不高兴去。广州，我没有到过，无从判断。成都或者相当的合适，虽然并不怎样和暖，可是为了水仙，素心腊梅，各色的茶花，与红梅绿梅，仿佛就受一点寒冷，也颇值得去了。昆明的花也多，而且天气比成都好，可是旧书铺与精美而便宜的小吃食远不及成都的那么多，专看花而没有书读似乎也差点事。好吧，就暂时这么规定：冬天不住成都便住昆明吧。

在抗战中，我没能发了国难财。我想，抗战结束以后，我必能阔起来，唯一的原因是我是在这里说梦。既然阔起来，我就能在杭州，青城山，北平，成都，都盖起一所中式的小三合房，自己住三间，其余的留给友人们住。房后都有起码是二亩大的一个花园，种满了花草；住客有随便折花的，便毫不客气的赶出去。青岛与昆明也各建小房一所，作为候补住宅。各处的小宅，不管是什么材料盖成的，一律叫作"不会草堂"——在抗战中，开会开够了，所以永远"不会"。

那时候，飞机一定很方便，我想四季搬家也许不至于受多大苦处。假若那时候飞机减价，一二百元就能买一架的话，我就自备一架，择黄道吉日慢慢的飞行。

第五章

生命就是在众人之中一眼看到从容的自己

画廊 / 李广田

"买画去吗?"

"买画去。"

"看画去,去么?"

"去,看画去。"

在这样简单的对话里,是交换着多少欢喜的。谁个能不欢喜呢,除非那些终天在忙着招待债主的人? 年梢岁末,再过几天就是除日了,大小户人家,都按了当地的习惯把家里扫除一过,屋里的蜘蛛网,烂草芥,门后边积了一年的扫地土,都运到各自门口的街道上去了。——如果这几天内你走过这个村子,你一定可以看见家家门口都有一堆黑垃圾。有些懂事人家,便把这堆脏东西倾到肥料坑里去,免得叫行路人踢一脚灰,但大多数人家都不这么办,说是用那样肥料长起来的谷子不结粒,容易出稗。——这样一扫,各屋里都显得空落落的了,尤其是那些老人的卧房里,他们便趁着市集的一天去买些年画,说是要补补墙,闲着时看画也很好玩。

那画廊就位在市集的中间。说是"画廊",只是这样说着好玩罢了,其实,哪里是什么画廊,也不过村里的一座老庙宇。因为庙里面神位太多的原故,也不知谁个是宾,谁个是主,这大概也是乡下人省事的一种办法,把应该供奉的诸神都聚在一处了。然而这儿有"当庄土地"的一个位子该是无疑的,因为每逢人家有新死人时,便必须到这里来烧些纸钱,照例作那些"接引""送路"等仪式,于是这座庙里就常有些闹鬼的传闻。多少年前,这座庙也许非常富丽,从庙里那口钟上也可知道,——直到现在,它还于每年正腊月时被一个讨饭的瞎子敲着,平素也常被人敲作紧急的警号,有时,发生了什么聚众斗殴或说理道白的事情,也把这钟敲着当作号召。……这口钟算是这一带地方顶大的钟了。据老年人谈,说是多少年前的多少年前,这庙里住过一条大蛇,雷雨天出现,为行路人所见,尾巴在最后一层殿里藏着,中间把身子搭在第二殿,又第三殿,一直伸出大门来,把头探在庙前一个深潭里取饮——那个深潭现在变成一个浅浅的饮马池了。——而每两院之间,都有三方丈的院子,每个院子里还有十几棵三五抱的松柏树,现在呢,当然那样的大蛇已无处藏身,殿宇也只变成围了一周短垣的三间土屋了。近些年来,人们对于神的事情似乎不大关心,这地方也就更变得荒废,连仅存的三间土屋也日渐颓败,说不定,在连绵淫雨天里就会倾倒了下来,颇有神鬼不得安身之虞,院里的草,还时有牛羊去牧放,敬神的人去践踏,屋顶上则荒草三尺,一任其冬枯夏长。门虽设而常关,低垣断处,便是方便之门,不论人畜,要进去亦不过

第五章
生命就是在众人之中一眼看到从容的自己

举足之劳耳。平常有市集的日子，这庙前非常热闹，庙里却依然冷静。只有到将近新年的时候，这座古庙才被惊动一下。自然，门是开着的了，里边外边，都由官中人打扫一过，不知从哪一天起，每天夜里，庙里也点起豆粒般大的长明灯火来。庙门上，照例有人来贴几条黄纸对联，如"一天新雨露，万古老禅林"之类，却似乎每年都借用了来作为这里的写照，然而这个也就最合适不过了，又破烂，又新鲜，多少人整年地不到这里来，这时候也都来瞻仰瞻仰了。每到市集的日子，里边就挂满了年画，买画的人固然来，看画的人也来。既不买，也不看，随便蹭了进来的也很多，庙里很热闹，真好像一个图画展览会的画廊了。

画呢，自然都很合乡下人的脾味，他们在那里拣着，挑着，在那里讲图画中故事，又在那里细琢细磨地讲价钱。小孩子，穿了红红绿绿的衣服，仰着脸看得出神，从这一张看到那一张，他们对于"有余图"或"莲生九子"之类的特别喜欢。老年人呢，都衔了长烟管，天气很冷了，他们像每人擎了一个小小手炉似的吸着，暖着，烟斗里冒着缕缕的青烟。他们总爱买些"老寿星"，"全家福"，"五谷丰登"，或"仙人对棋"之类。一面看着，也许有一个老者在那里讲起来了，说古时候有一个上山打柴的青年人，因贪看两个老人在石凳上下棋，竟把打柴回家的事完全忘了，一局棋罢，他乃如一梦醒来，从山上回来时，无论如何再也寻不见来路，人世间几易春秋，树叶子已经黄过几十次又绿过几十次了。讲完了，指着壁上的画，叹息着。也有人在那里讲论戏文，因为大多数画是画了剧中情节,那讲着的人自然是一个爱剧又懂剧的,不知不觉间你会听到他哼哼起来了,哼哼着唱起剧文来,再没有比这个更能给人以和平之感的了,是的,和平之感,你会听到好些人在那里低低地哼着,低低地,像一群蜜蜂,像使人做梦的魔术咒语。人们在那里不相拥挤,不吵闹,一切都从容,闲静,叫人想到些舒服事情。就这样,从太阳高升时起,一直到日头打斜时止,不断地有赶集人到这座破庙来,从这里带着微笑,拿了年画去。

"老伯伯,买了年画来?"

"是啊,你没买?——补补空墙,闲时候看画也很好玩呢。"

"'五谷丰登'几文钱?"

"要价四百四,还价二百就卖了。"

在归途中,常听到负了两肩年货的赶集人这样问答。

第五章
生命就是在众人之中一眼看到从容的自己

有了小孩以后 / 老舍

艺术家应以艺术为妻,实际上就是当一辈子光棍儿。在下闲暇无事,往往写些小说,虽一回还没自居过文艺家,却也感觉到家庭的累赘。每逢困于油盐酱醋的灾难中,就想到独人一身,自己吃饱便天下太平,岂不妙哉。

家庭之累,大半由儿女造成。先不用提教养的花费,只就淘气哭闹而言,已足使人心慌意乱。小女三岁,专会等我不在屋中,在我的稿子上画圈拉杠,且美其名曰"小济会写字"!把人要气没了脉,她到底还是有理!再不然,我刚想起一句好的,在脑中盘旋,自信足以愧死莎士比亚,假若能写出来的话。当是时也,小济拉拉我的肘,低声说:"上公园看猴?"于是我至今还未成莎士比亚。小儿一岁整,还不会"写字",也不晓得去看猴,但善亲亲,闭眼,张口展览上下四个小牙。我若没事,请求他闭眼,露牙,小胖子总会东指西指的打岔。赶到我拿起笔来,他那一套全来了,不但亲脸,闭眼,还"指"令我也得表演这几招。有什么办法呢？！

　　这还算好的。赶到小济午后不睡，按着也不睡，那才难办。到这么四点来钟吧，她的困闹开始，到五点钟我已没有人味。什么也不对，连公园的猴都变成了臭的，而且猴之所以臭，也应当由我负责。小胖子也有这种困而不睡的时候，大概多数是与小济同时发难。两位小醉鬼一齐找毛病，我就是诸葛亮恐怕也得唱空城计，一点办法没有！在这种干等束手被擒的时候，偏偏会来一两封快信——催稿子！我也只好闹脾气了。不大一会儿，把太太也闹急了，一家大小四口，都成了醉鬼，其热闹至为惊人。大人声言离婚，小孩怎说怎不是，于离婚的争辩中瞎打混。一直到七点后，二位小天使已困得动不的，离婚的宣言才无形的撤销。这还算好的。遇上小胖子出牙，那才真教厉害，不但白天没有情理，夜里还得上夜班。一会儿一醒，若被针扎了似的惊啼，他出牙，谁也不用打算睡。他的牙出利落了，大家全成了红眼虎。

　　不过，这一点也不妨碍家庭中爱的发展，人生的巧妙似乎就在这里。记得 Frank Harris 仿佛有过这么点记载：他说王尔德为那件不名誉的案子过堂被审，一开头他侃侃而谈，语多幽默。及至原告提出几个男妓作证人，王尔德没了脉，非失败不可了。Harris 以为王尔德必会说："我是个戏剧家，为观察人生，什么样的人都当交往。假若我不和这些人接触，我从哪里去找戏剧中的人物呢？"可是，王尔德竟自没这么答辩，官司就算输了！

　　把王尔德且放在一边；艺术家得多去体验，Harris 的意见，假

第五章
生命就是在众人之中一眼看到从容的自己

若不是特为王尔德而发的，的确是不错。连家庭之累也是如此。还拿小孩们说吧——这才来到正题——爱他们吧，嫌他们吧，无论怎说，也是极可宝贵的经验。

在没有小孩的时候，一个人的世界还是未曾发现美洲的时候的。小孩是科仑布，把人带到新大陆去。这个新大陆并不很远，就在熟习的街道上和家里。你看，街市上给我预备的，在没有小孩的时候，似乎只有理发馆，饭铺，书店，邮政局等。我想不出婴儿医院，糖食店，玩具铺等等的意义。连药房里的许许多多婴儿用的药和粉，报纸上婴儿自己药片的广告，百货店里的小袜子小鞋，都显着多此一举，劳而无功。及至小天使自天飞降，我的眼睛似乎戴上了一双放大镜，街市依然那样，跟我有关系的东西可是不知增加了多少倍！婴儿医院不但挂着牌子，敢情里边还有医生呢。不但有医生，还是挺神气，一点也得罪不得。拿着医生所给的神符，到药房去，敢情那些小瓶子小罐都有作用。不但要买瓶子里的白汁黄面和各色的药饼，还得买瓶子罐子，轧粉的钵，量奶的漏斗，乳头，卫生尿布，玩艺多多了！百货店里那些小衣帽，小家具，也都有了意义；原先以为多此一举的东西，如今都成了非它不行；有时候铺中缺乏了我所要的那一件小物品，我还大有看不起他们的意思：既是百货店，怎能不预备这件东西呢？！慢慢的，全街上的铺子，除了金店与古玩铺，都有了我的足迹；连当铺也走得怪熟。铺中人也渐渐熟识了，甚至可以随便闲谈，以小孩为中心，谈得颇有味儿。伙计们，掌柜们，原来不仅是站柜作买卖，家中还有小孩呢！有的铺子，竟自敢允许我欠账，仿佛一有了小孩，我的人格也好了些，能被人信任。三节的账条来得很踊跃，使我明白了过节过年的时候怎样出汗。

小孩使世界扩大，使隐藏着的东西都显露出来。非有小孩不能明白这个。看着别人家的孩子，肥肥胖胖，整整齐齐，你总觉得小孩们理应如此，一生下来就戴着小帽，穿着小袄，好像小雏鸡生下来就披着一身黄绒似的。赶到自己有了小孩，才能晓得事情并不这么简单。一个小娃娃身上穿戴着全世界的工商业所能供给的，给全家人以一切啼笑爱怨的经验，小孩的确是位小活神仙！

有了小活神仙，家里才会热闹。窗台上，我一向认为是摆花的地方。夏天呢，开着窗，风儿轻轻吹动花与叶，屋中一阵阵的清香。冬天呢，阳光射到花上，使全屋中有些颜色与生气。后来，有了小孩，那些花盆很神秘的都不见了，窗台上满是瓶子罐子，数不清有多少。尿布有时候上了写字台，奶瓶倒在书架上。大扫除才有了意义，是的，到时候非痛痛快快的收拾一顿不可了，要不然东西就有把人埋起来的危险。上次大扫除的时候，我由床底下找到了但丁的《神曲》。不知道这老家伙干吗在那里藏着玩呢！

人的数目也增多了，而且有很多问题。在没有小孩的时候，用一个仆人就够了，现在至少得用俩。以前，仆人"拿糖"，满可以暂时不用；没人作饭，就外边去吃，谁也不用拿捏谁。

第五章
生命就是在众人之中一眼看到从容的自己

有了小孩，这点豪气乘早收起去。三天没人洗尿布，屋里就不要再进来人。牛奶等项是非有人管理不可，有儿方知卫生难，奶瓶子一天就得烫五六次；没仆人简直不行！有仆人就得捣乱，没办法！

好多没办法的事都得马上有办法，小孩子不会等着"国联"慢慢解决儿童问题。这就长了经验。半夜里去买药，药铺的门上原来有个小口，可以交钱拿药，早先我就不晓得这一招。西药房里敢情也打价钱，不等他开口，我就提出："还是四毛五？"这个"还是"使我省五分钱，而且落个行家。这又是一招。找老妈子有作坊，当票儿到期还可以入利延期，也都被我学会。没功夫细想，大概自从有了儿女以后，我所得的经验至少比一张大学文凭所能给我的多着许多。大学文凭是由课本里掏出来的，现在我却念着一本活书，没有头儿。

连我自己的身体现在都会变形，经小孩们的指挥，我得去装马装牛，还须得像个样儿。不但装牛像牛，我也学会牛的忍性，小胖子觉得"开步走"有意思，我就得百走不厌；只作一回，绝对不行。多咱他改了主意，多咱我才能"立正"。在这里，我体验出母性的伟大，觉得打老婆的人们满该下狱。

中秋节前来了个老道，不要米，不要钱，只问有小孩没有？看见了小胖子，老道高了兴，说十四那天早晨须给小胖子左腕上系一根红线。备清水一碗，烧高香三炷，必能消灾除难。右邻家的老太太也出来看，老道问她有小孩没有，她惨淡的摇了摇头。到了十四那天，倒是这位老太太的提醒，小胖子的左腕上才拴了一圈红线。小孩子征服了老道与邻家老太太。一看胖手腕的红线，我觉得比写完一本伟大的作品还骄傲，于是上街买了两尊兔子王，感到老道，红线，兔子王，都有绝大的意义！

第五章
生命就是在众人之中一眼看到从容的自己

鲁迅翁杂忆 / 夏丏尊

我认识鲁迅翁,还在他没有鲁迅的笔名以前。我和他在杭州两级师范学校相识,晨夕相共者好几年,时候是前清宣统年间。那时他名叫周树人,字豫才,学校里大家叫他周先生。

那时两级师范学校有许多功课是聘用日本人为教师的,教师所编的讲义要人翻译一遍,上课的时候也要有人在旁边翻译。我和周先生在那里所担任的就是这翻译的职务。我担任教育学科方面的翻译,周先生担任生物学科方面的翻译。此时,他还兼任着几点钟的生理卫生的教课。

翻译的职务是劳苦而且难以表现自己的,除了用文字语言传达他人的意思以外,并无任何可以显出才能的地方。周先生在学校里却很受学生尊敬,他所译的讲义就很被人称赞。那时白话文尚未流行,古文的风气尚盛,周先生对于古文的造诣,在当时出版不久的《域外小说集》里已经显出。以那样的精美的文字来译动物植物的讲义,在现在看来似乎是浪费,可是在三十年前重视文章的时代,是很受欢迎的。

　　周先生教生理卫生，曾有一次答应了学生的要求，加讲生殖系统。这事在今日学校里似乎也成问题，何况在三十年以前的前清时代。全校师生们都为惊讶，他却坦然地去教了。他只对学生提出一个条件，就是在他讲的时候不许笑。他曾向我们说："在这些时候不许笑是个重要条件。因为讲的人的态度是严肃的，如果有人笑，严肃的空气就破坏了。"大家都佩服他的卓见。据说那回教授的情形果然很好。别班的学生因为没有听到，纷纷向他来讨油印讲义看，他指着剩余的油印讲义对他们说："恐防你们看不懂的，要么，就拿去。"原来他的讲义写得很简，而且还故意用着许多古语，用"也"字表示女阴，用"了"字表示男阴，用"㐃"字表示精子，诸如此类，在无文字学素养未曾亲听过讲的人看来，好比一部天书了。这是当时的一段珍闻。

　　周先生那时虽尚年轻，丰采和晚年所见者差不多。衣服是向不讲究的，一件廉价的羽纱——当年叫洋官纱——长衫，从端午前就着起，一直要着到重阳。一年之中，足足有半年看见他着洋官纱，这洋官纱在我记忆里很深。民国十五年初秋他从北京到厦门教书去，路过上海，上海的朋友们请他吃饭，他着的依旧是洋官纱。我对了这二十年不见的老朋友，握手以后，不禁提出"洋官纱"的话来。"依旧是洋官纱吗？"我笑说。"呃，还是洋官纱！"他苦笑着回答我。

　　周先生的吸卷烟是那时已有名的。据我所知，他平日吸的都

第五章
生命就是在众人之中一眼看到从容的自己

是廉价卷烟,这几年来,我在内山书店时常碰到他,见他所吸的总是金牌、品海牌一类的卷烟。他在杭州的时候,所吸的记得是强盗牌。那时他晚上总睡得很迟,强盗牌香烟,条头糕,这两件是他每夜必需的粮。服侍他的斋夫叫陈福。陈福对于他的任务,有一件就是每晚摇寝铃以前替他买好强盗牌香烟和条头糕。我每夜到他那里去闲谈,到摇寝铃的时候,总见陈福拿进强盗牌和条头糕来,星期六的夜里备得更富足。

周先生每夜看书,是同事中最会熬夜的一个。他那时不做小说,文学书是喜欢读的。我那时初读小说,读的以日本人的东西为多,他赠了我一部《域外小说集》,使我眼界为之一广。我在二十岁以前曾也读过西洋小说的译本,如小仲马、狄更斯诸家的作品,都是从林琴南的译本读到过的。《域外小说集》里所收的是比较近代的作品,而且都是短篇,翻译的态度,文章的风格,都和我以前所读过的不同。这在我是一种新鲜味。自此以后,我于读日本人的东西以外,又搜罗了许多日本人所译的欧美作品来读,知道的方面比较多起来了。他从五四以来,在文字上,思想上,大大地尽过启蒙的努力。我可以说在三十年前就受他启蒙的一个人,至少在小说的阅读方面。

周先生曾学过医学。当时一般人对于医学的见解,还没有现在的明了,尤其关于尸体解剖等类的话,是很新奇的。闲谈的时候,常有人提到这尸体解剖的题目,请他讲讲"海外奇谈"。他都一一说给他们听。据他说,他曾经解剖过不少的尸体,有老年的,壮年的，男的，女的。依他的经验，最初也曾感到不安，后来就不觉得什么了，不过对于青年的妇人和小孩的尸体，当开始去破坏的时候，常会感到一种可怜不忍的心情。尤其是小孩的尸体，更觉得不好下手，非鼓起了勇气，拿不起解剖刀，我曾在这些谈话上领略到他的人间味。

周先生很严肃，平时是不大露笑容的，他的笑必在诙谐的时候。他对于官吏似乎特别憎恶，常摹拟官场的习气，引人发笑。现在大家知道的"今天天气……哈哈"一类的摹拟谐谑，那时从他口头已常听到。他在学校里是一个幽默者。

第五章
生命就是在众人之中一眼看到从容的自己

读书 / 老舍

若是学者才准念书,我就什么也不要说了。大概书不是专为学者预备的;那么,我可要多嘴了。

从我一生下来直到如今,没人盼望我成个学者;我永远喜欢服从多数人的意见。可是我爱念书。

书的种类很多,能和我有交情的可很少。我有决定念什么的全权;自幼儿我就会逃学,愣挨板子也不肯说我爱《三字经》和《百家姓》。对,《三字经》便可以代表一类——这类书,据我看,顶好在判了无期徒刑后去念,反正活着也没多大味儿。这类书可真不少,不知道为什么;也许是犯无期徒刑罪的太多;要不然便是太少——我自己就常想杀些写这类书的人。我可是还没杀过一个,一来是因为——我才明白过来——写这样书的人敢情有好些已经死了,比如写《尚书》的那位李二哥。二来是因为现在还有些人专爱念这类书,我不便得罪人太多了。顶好,我看是不管别人;我不爱念的就不动好了。好在,我爸爸没希望我成个学者。

第二类书也与咱无缘：书上满是公式，没有一个"然而"和"所以"。据说，这类书里藏着打开宇宙秘密的小金钥匙。我倒久想明白点真理，如地是圆的之类；可是这种书别扭，它老瞪着我。书不老老实实的当本书，瞪人干吗呀？我不能受这个气！有一回，一位朋友给我一本《相对论原理》，他说：明白这个就什么都明白了。我下了决心去念这本宝贝书。读了两个"配纸"，我遇上了一个公式。我跟它"相对"了两点多钟！往后边一看，公式还多了去啦！我知道和它们"相对"下去，它们也许不在乎，我还活着不呢？

可是我对这类书，老有点敬意。这类书和第一类有些不同，我看得出。第一类书不是没法懂，而是懂了以后使我更糊涂。以我现在的理解力——比上我七岁的时候，我现在满可以作圣人了——我能明白"人之初，性本善"。明白完了，紧跟着就糊涂了；昨儿个晚上，我还挨了小女儿——玫瑰唇的小天使——一个嘴巴。我知道这个小天使性本不善，她才两岁。第二类书根本就看不懂，可是人家的纸上没印着一句废话；懂不懂的，人家不闹玄虚，它瞪我，或者我是该瞪。我的心这么一软，便把它好好放在书架上；好打好散，别太伤了和气。

这要说到第三类书了。其实这不该算一类；就这么算吧，顺嘴。这类书是这样的：名气挺大，念过的人总不肯说它坏，没念过的人老怪害羞的说将要念。譬如说《元曲》，太炎"先生"的文章，罗马的悲剧，辛克莱的小说，《大公报》——不知是哪儿出版的一本书——都算在这类里，这些书我也都拿起来过，随手便又放

第五章
生命就是在众人之中一眼看到从容的自己

下了。这里还就属那本《大公报》有点劲。我不害羞,永远不说将要念。好些书的广告与威风是很大的,我只能承认那些广告作得不错,谁管它威风不威风呢。

"类"还多着呢,不便再说;有上面的三项也就足所证明我怎样的不高明了。该说读的方法。

怎样读书,在这里,是个自决的问题;我说我的,没勉强谁跟我学。第一,我读书没系统。借着什么,买着什么,遇着什么,就读什么。不懂的放下,使我糊涂的放下,没趣味的放下,不客气。我不能叫书管着我。

第二,读得很快,而不记住。书要都叫我记住,还要书干吗?书应该记住自己。对我,最讨厌的发问是:"那个典故是哪儿的呢?""那句书是怎么来着?"我永不回答这样的考问,即使我记得。我又不是印刷机器养的,管你这一套!

读得快,因为我有时候跳过几页去。不合我的意,我就练习跳远。书要是不服气的话,来跳我呀!看侦探小说的时候,我先看最后的几页,省事。

第三,读完一本书,没有批评,谁也不告诉。一告诉就糟:"嘿,你读《啼笑因缘》?"要大家都不读《啼笑因缘》,人家写它干吗呢?一批评就糟:"尊家这点意见?"我不惹气。读完一本书再打通儿架,不上算。我有我的爱与不爱,存在我自己心里。我爱念什么就念,有什么心得我自己知道,这是种享受,虽然显得自私一点。

再说呢，我读书似乎只要求一点灵感。"印象甚佳"便是好书，我没工夫去细细分析它，所以根本便不能批评。"印象甚佳"有时候并不是全书的，而是书中的一段最入我的味；因为这一段使我对这全书有了好感；其实这一段的美或者正足以破坏了全体的美，但是我不去管；有一段叫我喜欢两天的，我就感谢不尽。因此，设若我真去批评，大概是高明不了。

第四，我不读自己的书，不愿谈论自己的书。"儿子是自己的好"，我还不晓得，因为自己还没有过儿子。有个小女儿，女儿能不能代表儿子，就不得而知。"老婆是别人的好"，我也不敢加以拥护，特别是在家里。但是我准知道，书是别人的好。别人的书自然未必都好，可是至少给我一点我不知道的东西。自己的，一提都头疼！自己的书，和自己的运气，好像永远是一对儿累赘。

第五，哼，算了吧。

蒙自杂记 / 朱自清

我在蒙自住过五个月，我的家也在那里住过两个月。我现在常常想起这个地方，特别是在人事繁忙的时候。

蒙自小得好，人少得好。看惯了大城的人，见了蒙自的城圈儿会觉得像玩具似的，正像坐惯了普通火车的人，乍踏上个碧石小火车，会觉得像玩具似的一样。但是住下来，就渐渐觉得有意思。城里只有一条大街，不消几趟就走熟了。书店，文具店，点心店，电筒店，差不多闭了眼可以找到门儿。城外的名胜去处，南湖，湖里的菘岛，军山，三山公园，一下午便可走遍，怪省力的。不论城里城外，在路上走，有时候会看不见一个人。整个儿天地仿佛是自己的；自我扩展到无穷远，无穷大。这叫我想起了台州和白马湖，在那两处住的时候，也有这种静味。

大街上有一家卖糖粥的，带着卖煎粑粑。桌子凳子乃至碗匙等都很干净，又便宜，我们联大师生照顾的特别多。掌柜是个四川人，姓雷，白发苍苍的。他脸上常挂着微笑，却并不是巴结顾客的样儿。他爱点古玩什么的，每张桌子上，竹器瓷器占着一半儿；糖粥和粑粑便摆在这些桌子上吃。他家里还藏着些"精品"，高兴的时候，会特地去拿来请顾客赏玩一番。老头儿有个老伴儿，带一个伙计，就这么活着，倒也自得其乐。我们管这个铺子叫"雷稀饭"，管那掌柜的也叫这名儿；他的人缘儿是很好的。

城里最可注意的是人家的门对儿。这里许多门对儿都切合着人家的姓。别地方固然也有这么办的，但没有这里的多。散步的时候边走边猜，倒很有意思。但是最多的是抗战的门对儿。昆明也有，不过按比例说，怕不及蒙自的多；多了，就造成一种氛围气，叫在街上走的人不忘记这个时代的这个国家。这似乎也算利用旧形式宣传抗战建国，是值得鼓励的。眼前旧历年就到了，这种抗战春联，大可提倡一下。

蒙自的正式宣传工作，除党部的标语外，教育局的努力，也值得记载。他们将一座旧戏台改为演讲台，又每天张贴油印的广播消息。这都是有益民众的。他们的经费不多，能够逐步做去，是很有希望的。他们又帮忙北大的学生办了一所民众夜校。报名的非常踊跃，但因为教师和座位的关系，只收了二百人。夜校办了两三个月，学生颇认真，成绩相当可观。那时蒙自的联大要搬到昆明来，便只得停了。教育局长向我表示很可惜；看他的态度，他说的是真心话。蒙自的民众相当的乐意接受宣传。联大的学生曾经来过一次灭蝇运动。四五月间蒙自苍蝇真多。有一位朋友在街上笑了一下，一张口便飞进一个去。灭蝇运动之后，街上许多食物铺子，备了冷布罩子,虽然简陋,不能不说是进步。铺子的人常和我们说,"这是你们来了之后才有的呀。"可见他们是很虚心的。

蒙自有个火把节,四乡是在阴历六月二十四晚上,城里是二十五晚上。那晚上城里人家都在门口烧着芦秆或树枝,一处处一堆堆熊熊的火光,围着些男男女女大人小孩;孩子们手里更提着烂布浸油的火球儿晃来晃去的,跳着叫着,冷静的城顿然热闹起来。这火是光,是热,是力量,是青年。四乡地方空阔,都用一棵棵小树烧;想象着一片茫茫的大黑暗里涌起一团团的热火,光景够雄伟的。四乡那些夷人,该更享受这个节,他们该更热烈的跳着叫着罢。这也许是个祓除节,但暗示着生活力的伟大,是个有意义的风俗;在这抗战时期,需要鼓舞精神的时期,它的意义更是深厚。

南湖在冬春两季水很少,有一半简直干得不剩一点二滴儿。但到了夏季,涨得溶溶滟滟的,真是返老还童一般。湖堤上种了成行的由加利树;高而直的干子,不差什么也有"参天"之势。细而长的叶子,像惯于拂水的垂杨,我一站到堤上禁不住想到北平的十刹海。再加上崧岛那一带田田的荷叶,亭亭的荷花,更像十刹海了。崧岛是个好地方,但我看还不如三山公园曲折幽静。这里只有三个小土堆儿。几个朴素小亭儿。可是回旋起伏,树木掩映,这儿那儿更点缀着一些石桌石墩之类;看上去也罢,走起来也罢,都让人有点余味可以咀嚼似的。这不能不感谢那位李崧军长。南湖上的路都是他的军士筑的,崧岛和军山也是他重新修整的;而这个小小的公园,更见出他的匠心。这一带他写的匾额很多。他自然不是书家,不过笔势瘦硬,颇有些英气。

联大租借了海关和东方汇理银行旧址,是蒙自最好的地方。海关里高大的由加利树,和一片软软的绿草是主要的调子,进了门不但心胸一宽,而且周身觉得润润的。树头上好些白鹭,和北平太庙里的"灰鹤"是一类,北方叫做"老等"。那洁白的羽毛,那伶俐的姿态,耐人看,一清早看尤好。在一个角落里有一条灌木林的甬道,夜里月光从叶缝里筛下来,该是顶有趣的。另一个角落长着些芒果树和木瓜树,可惜太阳力量不够,果实结得不肥,但沾着点热带味,也叫人高兴。银行里花多,遍地的颜色,随时都有,不寂寞。最艳丽的要数叶子花。花是浊浓的紫,脉络分明活像叶,一丛丛的,一片片的,真是"浓得化不开"。花开的时候真久。我们四月里去,它就开了,八月里走,它还没谢呢。

第五章
生命就是在众人之中一眼看到从容的自己

养花 / 老舍

我爱花,所以也爱养花。我可还没成为养花专家,因为没有工夫去作研究与试验。我只把养花当作生活中的一种乐趣,花开得大小好坏都不计较,只要开花,我就高兴。在我的小院中,到夏天,满是花草,小猫儿们只好上房去玩耍,地上没有它们的运动场。

花虽多,但无奇花异草。珍贵的花草不易养活,看着一棵好花生病欲死是件难过的事。我不愿时时落泪。北京的气候,对养花来说,不算很好。冬天冷,春天多风,夏天不是干旱就是大雨倾盆;秋天最好,可是忽然会闹霜冻。在这种气候里,想把南方的好花养活,我还没有那么大的本事。因此,我只养些好种易活、自己会奋斗的花草。

不过,尽管花草自己会奋斗,我若置之不理,任其自生自灭,它们多数还是会死了的。我得天天照管它们,像好朋友似的关切它们。一来二去,我摸着一些门道:有的喜阴,就别放在太阳地里,有的喜干,就别多浇水。这是个乐趣,摸住门道,花草养活了,而且三年五载老活着、开花,多么有意思呀!不是乱吹,这就是知识呀!多得些知识,一定不是坏事。

我不是有腿病吗,不但不利于行,也不利于久坐。我不知道花草们受我的照顾,感谢我不感谢;我可得感谢它们。在我工作的时候,我总是写了几十个字,就到院中去看看,浇浇这棵,搬搬那盆,然后回到屋中再写一点,然后再出去,如此循环,把脑力劳动与体力劳动结合到一起,有益身心,胜于吃药。要是赶上狂风暴雨或天气突变哪,就得全家动员,抢救花草,十分紧张。几百盆花,都要很快地抢到屋里去,使人腰酸腿疼,热汗直流。第二天,天气好转,又得把花儿都搬出去,就又一次腰酸腿疼,热汗直流。可是,这多么有意思呀!不劳动,连棵花儿也养不活,这难道不是真理吗?

送牛奶的同志,进门就夸"好香"!这使我们全家都感到骄傲。赶到昙花开放的时候,约几位朋友来看看,更有秉烛夜游的神气——昙花总在夜里放蕊。花儿分根了,一棵分为数棵,就赠给朋友们一些;看着友人拿走自己的劳动果实,心里自然特别喜欢。

当然,也有伤心的时候,今年夏天就有这么一回。三百株菊秧还在地上(没到移入盆中的时候),下了暴雨。邻家的墙倒了下来,菊秧被砸死者约三十多种,一百多棵!全家都几天没有笑容!

有喜有忧,有笑有泪,有花有实,有香有色,既须劳动,又长见识,这就是养花的乐趣。